老北京门联的故事

舒了 / 著

以胡同谱写人生　　2002年4月4日司小建摄

用脚步丈量胡同　2004年5月12日司小建摄

昔日宁静什刹海，今日几成酒吧街
——什刹海前海北沿　　1994年4月14日

"天棚鱼缸石榴树，先生肥狗胖丫头。"
胡同人家就是这样，与世无争，岁月静好
——东城区新太仓二巷　　1994年6月10日

这才是逛胡同,比起那人山人海、前呼后拥的场面来,那只能算是逛庙会了
——西旧帘子胡同,外国友人参观北京四合院　　1995年5月11日

这条胡同就真人很多了,但并没私搭乱建的小屋,也没汽车、排子车的停放。
因为是暑假期间,有的只是小孩的踢球和大人的纳凉
——朝内南竹竿胡同　　1995年7月27日

谁也不会想到这个大门就是当年溥仪英文老师庄士敦住过的地方。
胡同里就是这么藏龙卧虎，这些刻着老门联的住家又何尝不是呢
——地安门油漆作胡同侧1号　1995年8月9日

胡同的雅，就在于它的静与净，雷宅虽然已有点破，但仍不失其原有的魅力
——西城区小水车胡同1号样式雷的宅院　1998年7月5日

胡同深处有人家——东城区演乐胡同43号　　2000年5月23日

冷啊！即将消失的粉房琉璃街南段北望　　2011年2月26日

002	序言 / 李满意
007	前言　胡同人生

001	引言　漫话北京胡同老门联
003	乡愁记忆　门联背后的名人故居

007	世纪民国，四槐人家——老志诚与香山慈幼院
015	圣代即今多雨露，诸君何以答升平——刘鸿升的"名优之死"
019	卜居积水，世守研田——许林邨冒死为老舍立碑
027	武肃勋名久，彭城世泽长——钱氏宗祠的来龙去脉
036	厚德载物，和气致祥——一代名伶李和曾
041	里有仁风春色传，家余德泽吉星临——杨经武与"经武医院"
043	天然如意墨，合并一得阁——如意墨与"一得阁"的前世今生
047	物华民主日，人杰共和时——慈善富户鲁宅

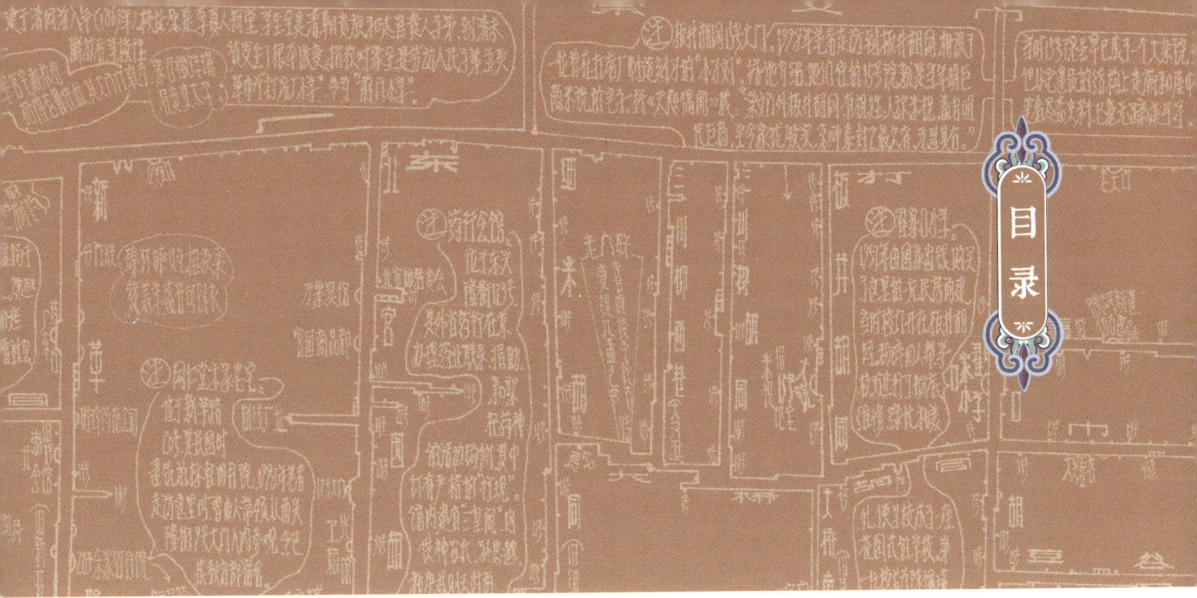

目录

055　宏文世无匹，大器善为师——著名学者吴晓铃

063　献王世泽，中垒名言——四大须生之一奚啸伯

073　一鹞雏独进，众鸟相与飞——"活曹操"袁世海

077　**乡愁风骨　门联背后的家风祖训**

081　忠厚传家久，诗书继世长

084　努力崇明德，随时爱光阴

089　昌时自幸福，仁里迓春晖

091　曲江风度，吏部文章

097　温恭有礼，春秋满怀

100　得志当为天下雨，缔交尚有古人风

107　古训是式，善人与居

111　修身如执玉，积德胜遗金

113	有容德乃大，无欺心自安
117	守孝悌为人根本，真和平处世良谋
120	孝悌忠信，礼义廉耻
125	芝兰君子性，松柏古人心
129	忠心贯家国，恕道希圣贤
131	敦诗悦礼，含谟吐忠
135	诗书承世业，孝友念家风
139	持家遵古训，教子有义方
143	勤襄国用研周礼，克振家声读鲁论
145	时华新世第，古道旧家风
151	孝没家声传两晋，文章德业著三槐
155	林花经雨香犹在，芳草留人意自闲
161	瑞日芝兰光甲第，春风棠棣振家声
165	颍水潆洄绵世泽，川原缭绕映春晖

目录

168 经营不让陶朱富，贸易常存管鲍风

173 鹤质清标千古寿，鸣时高澈九霄云

176 栽培心上地，涵养性中天

179 斯文逢盛世，景祚喜禹期

183 忠厚培元气，诗书发异香

187 百代醇儒商，千秋积善家

189 钟鼎勋庸大，弓裘世泽长

193 聿修厥德，长发其祥

195 越水家声远，东山继世长

198 河内家声远，山阴世泽长

201 书到用时方恨少，事非经过不知难

205 附1 作者手稿（摘录）

209 附2 参考书目（部分）

211 后记

序言

一见如故话乡愁

去年年初一个寒冷的日子,我在西城区文化中心初见舒了先生:瘦削的脸庞上闪烁着坚毅的光芒,略显臃肿的腿移动得很慢却不失稳健。我有点冒昧地问及他最近的作品,他很简要地提及自己写的门联故事和画的北京胡同图,并给我一本北京档案馆的杂志,说上面载有他的文章。

会后,我在网上仔细查阅了有关舒了先生的报道,心里暗暗吃惊,希望可以尽快拜访他。转眼便是农历春节,我给舒先生发了拜年短信。回京后收到他儿子舒波老师的电话,他说父亲不怎么看手机,直到年后才看到信息,要他打电话来特地感谢。我顺便提出拜访舒先生,舒波老师很热情耐心地告诉我住址和开车路线。

一个春暖花开的上午,我带编辑室主任王梦楠等拜访舒先生。远远地看见他一直站在楼下,原来怕我们找不到对应的门牌号,他一直在楼下等我们。他家住在顶楼,旧楼没有电梯,舒先生一直自己扶着楼梯慢慢地走上去并婉拒了我们的搀扶。家里简朴而温馨,一如舒先生的文字。我简单地说明了来意,舒先生很热情地带我们参观他的书房和摆满柜子的胡同照片,并把门联的部分手稿递给我。当第一眼看到手稿文字时,我更加坚定了之前出版书稿的想法。

聊天中我提及舒先生的胡同图——这是我此行拜访最大的心愿之一,舒先生起身把我们带到了他家阁楼上,他自己边爬楼边嘱咐我们上楼小心。在一个简陋且冬冷夏热的阁楼间,当两位编辑展开一张张胡同图时,我感觉全身的毛细血管有一股股强烈的电流经过,每个血管都在释放激动的能量。在得知有其他出版社竞稿的情况下,我当即向舒先生许下承诺:无论如何,这份书稿请交给燕山社出版,我将竭尽全力做好这个书稿!

接下来是一些具体的编辑工作交流,包括我当时对舒先生两部书稿的出版想法。其间舒先生详细地讲述了一下他用近30年走胡同、画胡同、写胡同(门联）的历程。看着老人平和的表情，我心里不住地发酸。当舒先生反复讲到：胡同是老北京人的魂，一天不见胡同就像人丢了魂；儿子现在布置的新家虽然条件很好，但他在那里总是坐立不安，总感觉那不是自己的家。我的思绪一下子飘到第一次来北京时，看到满眼都是钢筋水泥筑成的楼群，心里特别难受，因为它们抹去了老舍先生小说赋予我对四合院和胡同的美丽想象。这是这本书最终定名为"最美乡愁"的情感基础：逝去的故乡只能存留于最美的回忆中。

先生之奇人奇作

舒先生身体力行，近30年来用脚步丈量出了老北京城的全部胡同，用手画出、写出了胡同和门联的书稿，这件事在北京城引起了轰动，曾有不少中外媒体报道过他的故事。

当我拿到整本《老北京门联的故事》时，不禁感慨：如果舒先生有意出名的话，这个书稿包括他画的胡同图应在上个世纪90年代出来，那时肯定会卖得很火。但正如舒先生反复说的，他当时心心念念想的都是如何走完和画完胡同，竟顾不上当即写下点东西出版。

之前听舒先生说他走胡同的历程时已很感动，而在反复读了他写的前言和后记后，除了感动之外，更加心绪难平，眼前总是浮现老先生独自背着相机，带着笔和草稿本，冒着寒冬酷暑疾步在胡同间的背影……

舒先生和我爷爷、父亲一样，出生和成长在一个并不能完全靠个人意志决定人生的年代，不断被激起的雄心壮志也多半被湮没在时代洪流中。但与我爷爷、父亲有所不同的是，舒先生的后半生没有英雄迟暮，而是老骥伏枥志在千里，牺牲自己退休后享受余生的宝贵年华，完成心中宏愿。这种几十年如一日的坚持精神，除了得益于他年轻时坚持长跑锻炼出来的体魄和老北京人的执着性格外，还源于他敢于自省、勤于自觉、深恐虚度人生的奋斗精神，更有他对老北京文化深深的热爱。

这种热爱的真挚程度若非个中人，恐难以理解。正如侯仁之先生初来北京念书时，当他背着行囊走出前门火车站那个老楼，在苍茫的暮色中，看到巍峨的正阳门城楼和浑厚的城墙时，精神为之一振，从此与北京城结缘。"为什么我的眼里常含泪水，因为我对这土地爱得深沉！"当然也因为这种深沉的热爱，舒先生找到了安放自己人生事业的乐土。一个退休老人以一己之力，用自己的腿与北京城的旧城改造赛跑，克服自己学识上的局限，30载春夏秋冬，完成后半生伟大的事业。先天下之忧而忧，后天下之乐而乐，用自己对老北京的热爱在纸上画出了另一个北京城，找回了北京城的魂。

而这种深沉的爱，我以为正是当前这座繁华都市所稀缺的。在这座兼具传统和现代的都市背后，人们为了生存和发展，一方面以各种不得已的理由建设和破坏着这个城市；另一方面又因为快节奏、强压力的生活围堵而遮蔽了凝看城市的眼睛；所以我们在忙忙碌碌中忘却了这个城市得以存在的灵魂，也丢失了自己的灵魂。

在读《最美乡愁——老北京门联的故事》时，我感觉自己被舒先生拉回了上个世纪某个时间：散发着丁香芬芳的院子，静静地沐浴着晨曦的第一缕阳光，当浇花的第一颗水珠滑落在花瓣上时，静谧的胡同依次热闹起来，偶尔响起的自行车铃声，孩子们结伴闹腾着去上学，院子里的老人闲靠在竹藤椅上，看着昨晚那些风雨交加后还顽强昂着头的蔷薇花……

对于其中一个个鲜为人知的院子主人故事，舒先生总是能娓娓道来。除了那些曾经大隐隐于市的名人、家族事迹让人惊叹之外，舒先生微言大义的解读或总结亦令人感动。经舒先生重新演绎的门联典故，读来总有一番不同于其他人写的清新味道。或许是因为这其中濡染了舒先生近30年走访胡同的情感积淀和他对自己坎坷人生的豁达与淡然吧。因此，舒先生的文字保持着一种感人的温度，提炼出来的家风精神更是传达出了老北京百姓的心声。

胡同·门联·乡愁·城市记忆

作为一个有着悠久传统的古代帝王之都，老北京既有皇家文化的留存，如故宫和王府建筑；也有等级森严的官家文化建筑，如有一定规制等级的四合院；更有老北京普通百姓住宅的代表：那便是四合院和由之串联起来的小胡同。这三者构成了一个过去帝都的等级建筑体系，既有所区别却又保持千丝万缕的关联：胡同便是勾连皇家、官家和市民文化的枢纽和钥匙。在胡同中，既能看到皇家和官家遗留的建筑痕迹，如门楼、影壁、门墩等，又能看到皇家和官家遗留的文化痕迹，如四合院、胡同继承的中国礼仪文化所要求的规矩等；同时，在胡同中又能看到胡同文化有别于二者的显著区别，如建筑规模、市井生活、风俗民情等。特别是胡同里的门联，更是胡同文化的精髓。

门联即对联，是中国民间一种历史悠久的文化传承，从最早的避邪祛灾到后来的祈福纳吉，以家族或家庭为单位，最直观地代表了平民百姓对于生活的愿望。沙立功先生在《刻在大门上的家风——北京门联集粹》中提到，老北京门联有三种制作方式。本书中选取的门联应该可能涉及不同种类，但基本上都没有横批，更具有历史沧桑感。

门联内容虽然名目繁多，但不外乎礼仪道德、家声世泽、修身养性、古训持家、抒怀明志、国昌民盛等内容。不管门联的内容如何丰富多彩，但都是老百姓用自己的话道出了家庭的心声，也抒发了他们自己渴望的家风国态。所以门联的确是传递、传承家风最直观的表现方式，这也是门联千百年来至今仍受到人们欢迎的主要原因。

因此舒先生讲胡同是老北京人的魂，我认为至为贴切。通过门联来展现老北京人的精神面貌，既有淡淡的乡愁韵味，又特别能传达出重振家风的正能量精神。

胡同里的门联除了传承家风之外，还是城市记忆的文化符号，正如受侯仁之先生感染而投身北京城市历史研究的北大教授李孝聪先生对笔者所说："北京的城市记忆不仅是北京人的爱城情结，更是我们中华民族认同和发展繁荣的基本前提，所以我们要找到中华民族共同的文化记忆。"

寄语舒先生

感谢舒先生对燕山社和我个人的高度信任。

与舒先生见面次数并不算多，聊稿子有时还是在电话中进行的，从最开始舒先生几乎从未提及稿酬事宜。在其他出版社给出高额稿费情况下，舒先生依然选择燕山社来出版，这对于我个人和我们出版社而言，都是一种莫大的信任！我既感动更惶恐不安。舒先生夫人和舒波老师，都是特别和善的人，我们每次拜访病中的舒先生，他们总是温恭有礼热情招待。从这一点而言，无愧于舒家良好的家风教养。目前，《最美乡愁——老北京门联的故事》《手绘北京胡同全图研究·索引》已经入选北京市委宣传部"十三五"主题出版"种子库"项目，《手绘北京胡同全图研究·索引》去年就入选为北京市新闻出版广电局重点项目。为了让更多的老北京人了解和喜欢舒先生的门联故事，我们正在积极筹备众筹营销。但愿更多的人能够知道舒先生的胡同、门联故事，从而在我们匆忙的上班路上，用凝视的目光看看我们身边的这座城市，关心她的"身体"；同时也更关注我们的初心是否依然还在。

祈祷上苍保佑舒先生身体能够渡过难关。年初得知舒先生身体突然恶化，很惭愧年后未去探望。除了工作繁忙的原因，主要还是因为图书由于诸多原因未能及时出版，心有愧疚不敢面见舒先生。正如他在本书《后记》中所言，现在他不关心自己的钱财遗产，只关心这两部书稿何时得以出版。因此我倍感做好这本书很有压力，其实这本书的选题策划和实施过程也是我经手的项目图书中最长久和最繁复的。

我从未有给作者写序的习惯，一是才学疏浅不敢造次，二是也确实没有更多时间。这一次是我主动提及为舒先生书稿作序，是为了报答他对我的信任，更是因为感觉亏欠舒先生的信任。

年后回京我久病未愈，更能体会出舒先生在人生暮年时节总觉壮志未酬之遗憾，总在想应该为舒先生写点什么呢？想了半天，觉先生为人耿直善良，踏实淳朴，淡泊名利，所以就只谈谈我与舒先生相识、结为忘年交的过程，并谈谈我对他这个书稿的体会以聊作序言。同时，班门弄斧献上一首《寄语病中舒先生》的打油诗以表心怀：

心有宏愿何惧老，人生六十方开端！
为酬壮志破万难，卅载丹青胡同院。
沉疴不问身外事，但求了愿天地宽。
北京文脉燕山计，嵌入汗青作奇传。

但愿该书的出版能给病中的舒先生带来慰藉，但愿舒先生身体可以转危为安。如时间允许，希望有机会跟舒先生一起再走他印象最深刻的一条胡同，一所院子，看望一下舒先生因走胡同结识的老朋友；希望那副门联还在，我们可以在石榴树下坐着藤椅品茶，或偶然兴起写一副门联，听院中丁香花落的声音……

李满意
2016年3月28日凌晨于陶然亭畔

前言

胡同人生

提起胡同，先说说我的人生，因为这两者之间有着不可分割的联系。1931年9月18日，我出生在北平南下洼子陶然亭湖畔西侧的龙爪槐（今名龙爪槐胡同）。当时龙爪槐十分荒僻，所谓"胡同"，主要依古刹龙泉寺而形成，那儿有一座晶华玻璃厂、一两座旧宅门、一座太清观，还有一座带铁栅栏门很讲究的坟茔。由此再往南直到永定门高大的城墙根下，大约有300米的距离，这一带就都是荒地、菜地和一些零星的住户了。

我出生在一个落魄的满族家庭，自幼家贫，五岁丧母，是祖母和父亲把我和长我3岁的姐姐拉扯大的。祖父舒荣章在先农坛当警察，任务就是在先农坛看大门。父亲舒宏怡，自小学戏，是名京剧演员，也叫唱戏的。可能有人一听说是唱戏的，感觉他们很有钱，其实不然。旧社会唱戏的分三六九等。嗓子好，唱得好，有人捧，最终唱红了，那是真来钱。我父亲不行，虽然没落到打旗的地步，但是只能演三等老生这等角色，比之当红的角就差太远了。在台上他蟒袍玉带、前呼后拥，而下得台来，却仍然是"穷酸"百姓，挣不了多少钱。

小时我先后上过南横街东口的城隍庙小学、龙泉寺创办的孤儿院小学和右安门内大街的三圣观小学。后来我又上过西城鲍家街的中华中学、和平门外的师大附中（四部）和西单皮库胡同的万字中学。我之所以上过那么多小学和中学，是因为交不起学费而被迫转学造成的。其中辍学时间最长是在我六七岁，刚从孤儿院小学一年级升入二年级时。从此我就在家中晃荡了六七年。在这六七年中，我除每天要帮助祖母干些家务活，还要到窑台下去拣拾些柴炭、煤核以贴补家用。此外，偶尔我也陪着祖母到我二姑家串门，对我来说那可是一件让人很开心的事情。因为我二姑家生活比我们强，我二姑父叫鄂伯鸣，当时在电话局工作，他有文化也很有修养，家里有很多书，还订了一些报纸和杂志。因此到了那里，我不但能吃到好吃的，还能尽情地看书、看报，广览各种杂志，在那里能使我精神、物质都得到满足。然而随着年龄的增长、知识的吸收，再看到别人家的孩子每天背着书包，高高兴兴地去上学，而我却游荡着，于是一种强烈的求学愿望陡然而生，而且越来越迫切。可是没钱办不了事，眼睁睁看着父亲唉声叹气，为我发愁，无能为力，我只能沉默了。不久，这件事传到我二姑父耳里，于是在他的资助下，我考入了右安门内大街三圣观小学五年级，成了插班生，直到一年半后，我从三圣观小学毕业，被学校保送上了西城的中华中学。这一段时间，可以说是我小时候最快乐也是最感幸福的一段时间。在这一段时间里，它不但使我圆了多年求之不得的求学梦，而且更重要的是，通过系统地学习，我在语文、历史等方面的知识水平大大提高了。我对历史比较偏爱，当我看到书报杂志上中国历史上那些杰出人物时，就会油然而生敬意。而其中不同凡响的三位，更使我佩服得五体投地。他们以及各自涉及的名句分列如下：

　　文天祥：人生自古谁无死，留取丹心照汗青；
　　岳　飞：壮志饥餐胡虏肉，笑谈渴饮匈奴血；
　　孙中山：余致力国民革命凡四十年，在求中国之自由平等。
　　要做大事，不要做大官。

　　其实，我没上三圣观小学之前，就知道了以上这些历史人物的故事。那是在我姑父家看书时看到的，当时心里非常敬佩，也非常激动。待我快上三圣观小学时，我还没有学名（小名一直使用到上三圣观小学之前）。于是家里讨论给我起什么名字为好。我当时首先提出："我想叫舒尽忠。"我爸问我为什么，我说我要向文天祥、岳飞那样的人学习。我爸说："文天祥、岳飞是什么样的人物？你还向人家学习哪！不知天高地厚，就叫舒世忠吧！"我一听世忠，这个"世"字更广阔、更大，倒也不错，于是舒世忠这个名字，就一直叫到我退休那天为止，整整叫了45年。

　　后来我上了三圣观小学之后，对文天祥、岳飞、孙中山，有了更进一步的了解，感到他们真是高山仰止、高不可攀的人物。然而他们那种爱国、爱民的大无畏的精神，是值得我们学习的。尤其孙中山对青年们说的那句话："要做大事，不要做大官。"这是每个青年都应该争取去做的。而这也成了我从

作者(二排左七)于右安门内三圣观小学毕业合影,中坐白衣者为校长张润琴
1948年夏拍摄

那时开始的一个人生奋斗目标。

我从右安门内三圣观小学毕业后,被学校保送上了西城鲍家街的中华中学。校址就是清光绪皇帝出生的地方——醇王府,又叫潜龙邸(皇上住过的地方),又叫南府(北府在什刹海北岸)。院内大殿金碧辉煌,院落众多,花草树木、碑石雕刻……一片古朴静谧的气氛,让人感觉到在这样的环境里读书、学习,真是太美了。然而对我来说,这些都是过眼的云烟。当时新中国成立没多久,由于我姑父家人口增加,再无力助我上学了,因此我只在中华中学上了一年,就又辍学了。然而我并没灰心,同年我很快又考上了和平门外的师大附中(四部)。师大附中是当时北京首屈一指的好学校,历史悠久,人才辈出,邓颖超早年时就曾在此任过教。因此我感到非常荣幸。然而那时我家连给我买书的钱都拿不出,就更别提学费了。上课时我只好探着身子,看同学的书,有时往往看不到,我心里那个痛苦和无奈就别提了。当时我就暗暗写下了这样四句:书生满堂屋,个个有书读,唯有我世忠,手中缺少书。

书买不起,学费也没交。学期考试前老师找到我:再不交学费就不能参加考试了……我鼓起勇气又找到校长,校长表示也没办法。于是从前的这一幕又出现了:我被"逐"出了校门。然而我仍不死心,就在当年的暑假期间,我又考入了西单皮库胡同的万字中学。万字中学是由中国红十字会创办的一所学校，收费较低。也正因为如此，才选择了这个学校，并且还被初中二年级乙班选为副班长。我在这里学习了整整半年，即一个学期，直到快结业了，人们才知道我还没交纳学费，老师也很同情我，可人家也要吃饭，从而又使我陷入愁苦之中。一天下课后，我一人站在教室内，正为交不起学费而闷闷不乐，突然跑进一个同学，他小声地告诉我："舒世忠，你的学费曹德福给交了。"我一听，心中一愣，心想这不可能，开玩笑吧！时间不长，又一个同学跑进屋中对我说："舒世忠，你的学费曹德福给交了。"这时我才感到同学所说的可能是真的了，当我仍百思不得其解，不知如何是好时，忽然看到曹德福匆匆忙忙进了教室，也没跟我说话，在他自己的位子上拿了点什么东西，又匆匆忙忙要出屋门。这时我赶过去拦住了他，开口刚叫出他的名字，还没等我说出学费的事，他就抬起手拍了一下我的肩膀对我说："这点小事别放在心里！"扭头而去。可此时，我的眼泪一下子流了下来……从此曹德福的名字，就一直留在了我的心中。

自曹德福替我交了欠万字中学上半年的学费后，跟着是考试、放假，使我也得了一时的轻松。然而很快问题又来了：下半年怎么办？家中的窘况明摆在那里，难道下学期的学费还要让别人来替我交吗？我左思右想，再也不能让家里人为我担心了。于是我当机立断，就在1951年夏季放假期间，考入了管吃、管住、管穿的天津铁路局张家口司机养成所，并在那里学习一年后，分配到大同机务段，算是正式参加了工作。当我第一次拿到工资时，我首先将曹德福替我交的学费寄还给了他，并在信中表达了我对他的深深敬意和感谢。从此我们被分配到大同机务段工作的一些司机养成所同学，就开始了自由自在的生活。

我们在集体宿舍住，宿舍离工作单位不远，就在似街非街的一条土路边，屋顶很高，屋内有几根木柱顶着屋顶，好像是一个被废弃的仓库。屋内两排木板床，只中间留有一条通道。到了晚上，那两排木板床上，就一个挨一个地躺满了我们这些同学。因为都是独立生活了，每逢下了班或节假日，有些同学就凑在一起，不是打扑克下象棋，就是侃大山聊鬼神，要不就是遛大街逛商店，或者就是无聊地打闹，很没意思。时间一长，我感到十分厌烦，自问："难道我的生活就这样走下去吗？"这时我开始想念北京的家和我上学的美好时光……然而"开弓没有回头箭""好马不吃回头草"，我不能回去，也没理由回去。后来我发现了一个小图书馆。别人玩乐，我就到图书馆借书看，其中给我留下印象最深的就是《卓娅和舒拉的故事》和《钢铁是怎样炼成的》。

其中《钢铁是怎样炼成的》一书的作者尼古拉·奥斯特洛夫斯基的一句名言,至今让我难忘。他说:"人生最宝贵的就是生命,生命对于我们只有一次。一个人的生命应当这样度过:当他回忆往事的时候,他不因虚度年华而悔恨,也不因碌碌无为而羞愧……"但就是这样,也排解不了我心中的苦闷。

有一天,我突然想起我小时候曾到先农坛体育场看长跑比赛,感到非常优美,也非常羡慕,当时我就想,等我长大后,我也练习长跑,参加比赛。如今我早已成人,又是一人在外,何不利用业余时间,除工作学习外,再练练长跑,一旦我是块"料"的话,将来也像扎托皮克那样,能为国家争点光,也算我没白活。说干就干,于是我从那天起,每天四五点钟起床,当时天还没亮,先做些准备活动,之后向大同城的北门跑去,再折回,每天一个来回。到了休息日,我就沿着铁路往下一站跑个来回。就这样,大约有半年光景,大同市举办长跑比赛,那是我有生以来第一次参加万米比赛,也没经验,但还是轻松地拿了第二名。

不久,我又和几位同学,由大同调到呼和浩特(当时叫归绥市,1954年更名为呼和浩特)机务段工作。此时我因视力问题,已由乘务人员改做化验软水的工作。呼和浩特是个大城市、内蒙古自治区首府,环境比大同强多了。我们住的宿舍仍然离车站不远,南边是火车站,北边就是麻花板,再往北远远望去,就是有名的大青山,这对于我的长跑锻炼来说,十分有利。到了呼和浩特,我首先订了三份杂志:《新青年》《新体育》《新观察》。之后,我就按照自己的计划,每天向大青山西北方向的红山口跑一个来回。我们是1953年由大同调到呼和浩特的,次年3月呼和浩特铁路地区即召开了体育运动大会。我参加了1500米的赛跑,取得了第一名,从此我被领导重视。7年间,我先后参加过太原铁路局、大同分局和呼和浩特市各种行业、各种形式的长跑比赛,大多都是前三名,而且其中还以第一名为多,其中还有几项破了纪录,不但受到奖励,还特聘我为火车头体协的秘书。

不过,在1956年呼和浩特举办的一次全国性的万米比赛上,由于参加的人很多,发令枪响后,谁前谁后就乱了套。到达终点后,我一问同伴我跑第几名,他们说:"第四!"我一听,"哎哟"一声,怎么才跑了个第四呀。我又问,我与第一名差多少。人说,落下你一圈还多哪!我一听更是惊讶,表面虽然乐呵呵,可心里想:完了完了,看来我不是这块"料",国内尚且如此,到了国际上,那就更不用说了。我想,人要有自知之明,于是,从那一天起,我便放弃了我原来想在这方面为祖国争光的理想,由"武"还是转

20世纪50年代在呼市时个人所订杂志、所获长跑奖章及国家三级运动员证书

回了"文"。但是长跑健身这项运动，我丝毫没有放弃，它一直陪伴我度过了80多年的快乐人生。

放弃了把长跑当作为祖国争光这一理想的奋斗目标之后，我想我应当怎样为"文"呢？其实当时除工作外，我已兼了不少业余职务：工会的宣传员、工人文化教员、团文娱和体育组长、团支部书记、工会小组长、火车头体育协会会员兼秘书等职。以上这些工作，虽然对提高我的工作能力很有好处，也能给我带来很多快乐，但在我心里，这都不是我的终极目标，我的终极目标是始终还藏在我心里的那个：到学校去上学。因为我知道，一个没有深厚学识和深厚历史文化底蕴的人，是干不了大事的。说来也巧，1956年初，毛主席向全国青年发出了"向科学文化进军"的伟大号召。当时我看到这条消息，非常兴奋，立刻到书店把高中课本买回家准备自学，以备将来条件允许的时

作者25岁时

候,实现我的大学梦。从此,除工作、长跑和参加一些必要的活动外,其余娱乐活动全部放弃,我把全部精力用在读书上。

然而天有不测风云,正当我意气风发、满怀信心走向未来时,却遇到了一些挫折。一次团总支召开会议,会上宣布撤销我股室团支书的职务,原因是我不积极领导大家参加"反右"运动,说我立场不稳,甚至有人还在会上说我有右派言论。紧跟着过了两天,领导来到我们化验室,宣布将我撤职。在处分单上主要原因写有两条:一,骄傲自满、自高自大、不服从领导、自以为是;二,工作中不认真负责、配错了药(指机车上使用的一种软水剂)。按照同事常积德的劝诫,我并没发一言,只是默默地接受了这个决定,从化验员变成了工厂的清洁工人,工资降了一级。从此我也由单位里最红的一名青年,变成了一个"黑人",其酸甜苦辣,只有自己知道。

1958年四五月间,领导突然找我说,把我调到地区组织的一个"大跃进宣传组"去搞宣传工作。我一听这倒真是我的长处,于是很高兴地就去了。后来这个"大跃进宣传组"又改名为"技术革新展览会",并赴包头钢铁厂第一文化宫进行展览。大约我们在包头待了不到半年,天气渐冷。忽然有一天组长找我,让我赶快回单位,说另有任用。于是我很快赶回了单位,出乎我的预料,原来人事部门通知我,把我调回北京。对于我来说,这真是一个天大的喜讯。因为当时我自己不但处于困境中,我北京的家也处于困境中:父亲重病在身,祖母已达耄耋之龄,姐姐早已出嫁,且子女众多,经济上又很窘。而父亲又只有我一子,因此我曾向领导提出过此事。同时,我姐来信说,她也向有关领导反映过此事,没想到如今此事真办成了,这让我们十分感念。向同事们告别之后,当晚便乘火车离开了呼

1958年作者于包头

和浩特，直向自己的家乡——北京而去。

回到北京之后，我被领导安排到丰台机务段当了"学习钳工"。半年左右，可能领导看我不是当钳工的"料"，把我安排到股室当了统计员。从此算是过了一段安定日子。

一天，我在呼和浩特机务段化验室工作时的同事常积德到南方出差，顺路来看我，还给我带来了一筐南方蜜橘让我品尝。这使我感到很意外，也很高兴。常积德个子不高，又瘦又小，但很匀称。据他说自己是怀来人，没文化，很早就出来工作，先在张家口铁路工作，1954年才由张家口调到呼和浩特机务段工作，并与我相识。在交谈中常积德提起了我当年在呼和浩特受处分的问题，没想到他还替我忿忿不平，我一听心里一惊，然而我很快又平静下来，乐呵呵对他说："算了吧，过去的事就让它过去吧。而且这么多年，又不在一起。我虽然没再做化验工作，可是统计也属于科室工作，也算是'官复原职'了。没必要了，没必要了……"我们之间的谈话，从中午一直进行到下午5时，我想挽留他吃饭，可他说什么也不答应，说还有急事要办，于是我送他到车站，然后挥手而别。从此，我们只有书信来往，再也没有见面的机会了。因为几年以后，听人说他已不在人间了，令我一时唏嘘难过不已。心想，这可是在我有难时，曾经关心并帮助过我的人，实难让人忘怀……

转眼又到了1965年，有一天领导通知我，把我又调到北京铁路分局继续做统计工作。我一听北京铁路分局，那可是一个好地方，最早那里叫西江米巷，后改叫西交民巷，清末民初是一条有名的金融街，大银行一个紧挨一个，而且与天安门紧连。更重要的是，我每天上班不用赶车跑通勤了，蹬上自行车一会儿就到，很是方便，我自然很高兴。分局统计室一共十几个人，在组长刘敬芝的带领下，大家相处得非常和睦。半年后，"四清"运动开始，我看老没人发言，就在会上说了对"大跃进"的看法，觉着实在太浪费。也许是我小时候家穷的关系，看到浪费的事，就感到十分可惜。我的发言完全是出于好意，然而没想到却也遭到了批判。不但批判了我，最后还把我下放了。说是"下放"，实则下降。让我又回到了丰台机务段，并且又当起了钳工。

当时"文化大革命"已开始，丰台机务段内也是风起云涌。机械组成立"战斗队"，非要让我当"头"不可，我坚决不干，后来实在推托不开，我说我给你们写点画点可以，别的我实在是干不了。就这样，我有时干工作，有时干革命，几乎是混了两年。这时我心里感到实在是茫然。心想：这样下去，什么时候是个头啊？有一天忽然看到段上贴出一张通告，说列车段需乘务员,愿去可自由报名。我心想,乘务员可南来北往,且直接为大众服务,我想我也是个有仁爱之心的人,会把这项工作做好。因此我毫不犹豫地报了名,并经领导批准,从此离开机务段,又走进了列车段的大门,开始了长达15年的列车服务工作。

在这15年中,我一直在从北京到广州的京广四组担任乘务员的工作。可以说,那也是我人生中出大力、流大汗,同时也是一个比较快乐的时期。面对旅客对我的期盼,我从不偷懒,始终跟他们打成一片,只要他们提出要求,我能办的绝不拒绝。在我的记忆中,15年中只有一位坐在我车厢的旅客,给我提出过意见,但最终他还是赞扬了我。事情是这样的:有一天我正在为车厢旅客送水,当送到一位老人的面前时,恰好水没了。我就向老人说没了,您等一等。可是不知是老人没听清我说的话,还是我当时的动作快了,老人就质问起我来:"你为什么给别人倒水而不给我倒水?看不起农村的?是不是以衣帽取人?"我一听老人谈吐不凡,首先就心生了三分敬意,然后赶忙向老人解释,可是老人仍没能释怀,仍在唠叨着……一会儿水开了,我赶忙首先倒给了老人,随后又为整车厢的旅客忙碌着……几个小时过去了,当老人快要下车时,指着我当着众人说:"这位同志还是很不错的。"我心说,只要您满意我就高兴。此外,还有一次有一位旅客上了我们的车厢,他对我说,他们在广州旅馆就听说47、48次列车上,有一位戴眼镜的服务员,是全列车最好的服务员。当时我一听他这么一说,我就开玩笑地说,没想到我也隔墙吹喇叭——名声在外了。可是又一想,管什么哪?马马虎虎吧!心说,只要我不亏心就行了。

就这样寒来暑往,我从一个30多岁的青壮年,逐步走向了老年,到后来我感到真有点力不从心了,我既没了青年人的蓬勃朝气,也不愿学有些人的圆滑取巧混日子。正在这时,我听说西山铁路疗养院(今北京铁路职工培训中心)正缺一个软水化验员,且寻之无着。我一想那不是我原来干过的工作吗?于是经过联系,双方单位同意,从此我又从列车段的大门迈进了西山铁路疗养院的大门。西山铁路疗养院位于石景山福寿岭,依山而建,环境优美、恬静,对于喜欢读书的我来说,十分欣喜。更使我感到高兴的是,我在这里遇到了一个知音,那就是看管图书馆的罗增涛。

当时我53岁,罗增涛比我大3岁,我知道他还是先从一位朋友那里了解到的。据这位朋友说,罗增涛原在丰台铁路俱乐部工作,书画字皆精,而且性格爽直、人品极好,可就是在反右时曾被打成过"右派"。我一听这话,心想除最后一条，以上那都是我崇拜的。有一天我借着到图书馆借书的机会，和罗师傅攀谈起来，果然如朋友所说的，从此我俩就成了无话不说的好朋友。然而时光无情，3年很快就要到来了，罗师傅很快就要退休了。我们怀着依依不舍的心情，举办了一次会餐会，从此再也不能与罗师傅天天会面、聊天、谈书论画……内心只感到无限空虚，因为再过几年我也要退休了。回想起自己的一生，既无成就，也无建树，想上学、想做大事理想的破灭，使我一辈子就这样浑浑噩噩、庸庸碌碌地走了过来，实在是太不甘心。自罗师傅一走，疗养院的黑板报等宣传工作，几乎都由我来承担，并且我还成了铁道报的通讯员，经常给报纸写点稿或画点配诗的讽刺漫画寄去，除工作外，这倒也丰富了我的精神文化生活。

然而，时光很快到了20世纪80年代中期，当时早已粉碎"四人帮"，国家已逐步走向正轨，报纸上天天刊载老百姓要求改善居住环境的呼声，并引起了大讨论，这也引起了我的注意和思考。我想要解决老百姓的居住环境，就得拆房，拆房也等于拆胡同。可是胡同那可是北京的一宝，如果胡同都拆了，胡同文化也就没了……报纸上是热烈讨论，我是反复思考。终于有一天我想到了自己：这辈子我一事无成，大事我是做不成了，这件小事就由我来做吧！那就是我要用手、纸、笔、脚、相机把北京胡同留下来，以便让我们的后代了解老北京胡同到底是什么样子。当时我还没退休，先进行了一段摸索，每天四五点钟起床，开始到附近胡同观察，哪儿有庙宇、哪儿有学校、哪儿是名人故居等，到了一定时间，再赶乘地铁去西山上班。

到了1987年的春夏之交，我已万事俱备（指背包、相机等物），就开始正式走访胡同了。为了表示我决心要把这件事情做成、做好，到了我退休的那一天起，我把自己使用了几乎一辈子的名字舒世忠改成舒了，意为：一，退休了；二，一事无成完了；三，心末了。同时也隐含着我与过去庸庸碌碌的自己的决裂。从此我一头扎进胡同，再也回不过头来了。不管风吹雨打、日晒雨淋，还是漫天大雪、寒气逼人，我都会行走在胡同里。然而没想到的是，我越走越感到事情的庞大和繁杂，好像自己掉进了深不可测的海里，一眼望不到尽头。因为直观的东西好办，笔一记相机一拍就完了，而它的背景历史故事，就必须到图书馆、档案馆、书市、书摊等处去寻觅。这个工作可就海了，何况还有很多附属的工作要去做。我想我这辈子是否能完成这项任务，看来很难说了。可还是那句话："开弓没有回头箭。"我必须争分夺秒、义无反顾、全身心地投入到这项工作中去。因此，我放弃了个人一切爱好、放弃了与家人相依相伴的旅游与玩乐，并且还做出了一个计划：先走远处的胡同，再走近处的胡同；先走要拆迁的胡同，后走不拆迁的胡同。这样一来防老，二来防止遗漏。说来也怪，自我走访北京胡同以后，越走越高兴，越走越带劲儿。好像我原来半死不活的心，又死而复生了；也像我年轻时一样，又焕发了我青春的活力。有人问我苦不苦，我说不苦；有人问我累不累，我说不累。就像一本书一样，每天都能使我得到一些北京历史和中国历史与文化方面的知识，并且有的还逼着我去深入进行一些研究和挖掘。这简直就是我年轻时没能实现的一个大学梦。如今我把胡同当成一个大课堂，又充分发挥了我年轻时长跑能走的功底，行走自如，来去由己，又得知识，又锻炼身体，何乐而不为呢！

当时我们家住宣武区，后来又搬到丰台区的洋桥，离北边的东西城都远，我就先选择了东城区东直门内大街以北到原北城根的一片地方进行走访。有一天我发现这里有好几条胡同名称都近似，如永康胡同、前永康胡同、后永康胡同，还有永康一巷、永康二巷、永康三巷、永康四巷，一直到永康五巷。待我回到家整理资料时，怎么也弄不清它们之间的相互关系了。哎呀，我都弄不懂，如果将来有人问我，我怎么向人解释！不是等于白弄了嘛。于是我想起了清乾隆十五年（1750）绘制的"京城全图"。其实我早已知道这幅图了，很是仰慕，只是始终没有见过。当时我想要是像"京城全图"那样，能再画一幅现代的"京城全图"该多好哇。不过那时我没敢联想到自己，我想那绝对是不可能办到的事情。要知道乾隆十五年"京城全图"，那是动员了全部宫廷画师包括意大利著名画家郎世宁参与而完成的。而如今我只是孑然一身，形影相吊，没个帮手，又无经济实力，妄想而已。可是现在问题摆在面前，画吧，我这辈子可能都完不成这项任务；不画吧，也许马马虎虎也能说得过去，可这又不是我做事的准则。于是思来想去，从那时起，我下定决心：画胡同。

开始时，我和单位借了一个皮尺，在皮尺头上接了一个铁丝钩，到了胡同口我把自行车往胡同口的墙边一放，把皮尺往自行车架上一勾，就可以测量胡同的宽窄和长短了。可是由于人来人往，又只是我一个人，顾这儿顾不了那儿……我一看不行，实在太费时间，于是只进行了一次，我就放弃了。可是怎么办呢？我老在想着这个问题。可巧有一天，我们工作的化验室来了几个建筑段的人来察看房子，闲谈时有人问，这屋有多大？另一个人说：15平方米，长5米，宽3米，三五一十五米。我一听宽3米，就无意识地从墙这头走向墙那头，整整走了5步。我当时心里一惊，心想如果我用走步来进行胡同的测量，那可就快多了。于是我通过试验，感觉还行，心里非常高兴。从此我就边走访、边测量、边记录、边拍照，春去秋来，一年一年又一年，从1987年开始，到2002年止，整整走了15个年头，把老北京城内的所有胡同，包括小胡同和死胡同全都走完了。为此，我曾写下这样的感言：

> 为求一事成，舍去后半生。
> 徘徊胡同里，春夏复秋冬。
> 光阴十五载，足下万里行。
> 待到图成日，留给后人评。

同时我根据走胡同时所看所想，还写出了两段鼓词。因为我感到用骆玉笙唱京韵大鼓的方式来唱这段鼓词，最能体现出老北京的味道。其文如下：

> 北京的胡同，历史久远，从元到今，七百余年。皇城之外，青灰一片，看呀看呀看也看不完。大胡同三千六，小胡同上万。有长有短有宽有窄有直也有弯。长的长来有数里，短的短来几步就走完。宽的也有好几丈，窄的小喇叭胡同，胖一点的人儿您过着困难。窄的小喇叭胡同，胖一点的人儿您过着困难。
>
> 北京的胡同，春风拂面，这里的人儿那可不一般。说话和气，文明礼貌，知礼知让不争先。生人见面称你为"您"，熟人见面问好又问安。爷爷奶奶好？大爷大妈好？叔叔婶婶好？孩子们都好？她都要问了个遍，临别时还要说：有时间可想着到我家来玩。说说心里话，道道心中甜，人生的乐趣就在这里边。

当年我开始走胡同时，曾有个三步计划：一走胡同；二画胡同；三写胡同。

如今我第一步走胡同，已然完成。该第二步了：画胡同，也就是把我走胡同时画出的密如蛛网的草图，按照一定比例，正式画在一张长1.2米、宽0.9米的图画纸上。我从来没学过绘图，也没画过这样的图纸，但是我想它离不开点、线、面，不会太难。而真正令我感到为难的是胡同里存在的文化实体，它的历史渊源、故事等，我知道的好办，而不知道的，就要到处去搜寻。不管怎么说吧，我是冬练三九、夏练三伏。冬天最冷的时候，我在小屋里穿上秋衣、毛衣，再加厚厚的棉背心，在屋里画；夏天我在阳台上，最热时只穿一件裤衩画。就这样,又是寒来暑往,整整又画了8年。即我的第二步的任务也算是完成了,可是我的眼睛也坏了,到现在,即使戴上眼镜,5米之外,我也看不清人的真面目。

我的第二个目标完成之后,紧接着就考虑第三步。其实第三步我也考虑过了。记得开始胡同热的那几年,不管杂志、报纸、书籍,上面到处是"胡同",文章也是五花八门。当时我心无旁骛,时间有限,只想把自己的事情先做好,万不得已不去赶"集"。现在我该写了,可是我写什么呢?人家写过的我不能再写,吃人家剩下的馍没味道。我想来想去,想起了我走胡同时候抄下来的200多条胡同里的老门联。因为此前我也看过市面上很多写老门联的书,都只是泛泛地介绍它在什么地点,出在什么地方,至于门联本身的深刻的含义和背后故事,几乎没有。可是当我再进一步研究它时,却使我大感意外,原来北京胡同里的老门联,有着深刻的历史与文化内涵,其故事也十分感人又很有教育意义。因此我把北京胡同老门联定为北京胡同文化的精髓,并决心把它写出来。从此由2010年开始,我又用4年时间,把门联书稿也基本写完了。

这让我大大舒了口气,回想从1987年我开始走胡同,到2014年完成这最后的第三步计划止,整整用了27年。27年间除必要的事情和一年两次的文友聚会外,我是一不外出,二不请客,把全部精力用在了这一件事情上,

作者(前排左一)与文友聚会　　2010年10月4日

几乎不知自己老之将至，已然是一个83岁的老人了。真有点"洞中方七日，世上几千年"的感觉。正如庄子所说：人生天地间，如白驹过隙，转瞬即逝。虽然我早已超过了"人生七十古来稀"所说的年龄，然而也许由于我自小就生活有规律，不抽烟、不饮酒，没有一切不良嗜好，再加之喜长跑、喜锻炼，所以身体一直很好。尤其自我干上我非常喜爱的胡同这项工作之后，更是心情舒畅、精神愉快，不管在陶然亭公园，还是在东庄绿地（今已改建为北京南站）和草桥我们小区绿地，走起路来，往往一般人也望尘莫及。

然而正当我陶醉于自己无比幸福与快乐的生活之中时，2014年的春夏之交，一场厄运突然降临到我的头上，给我造成了致命的一击，那就是我左大腿根部，患了恶性的淋巴癌。提起癌，我并不感到多么可怕，因为现在患癌的人太多了，尤其是那些有才华的青年甚至少年，患癌的也不少，甚至有的为此而失去了宝贵的生命，何等可惜！比起他们，我都83岁了，才患上癌，晚了多半辈子，还有什么大惊小怪的！我唯一放不下的，是我做的关于胡同的这项工作，还没有一个圆满的完结。也就是说，我虽写出了书稿，但还没把它变成真正的一本书。这等于我近30年来，历尽艰辛，孜孜以求的胡同事业，或者说是梦想，并没有真正地实现。同时，也使渴望我出书的朋友、家人，支持过我、帮助过我的人们大失所望，这是我绝对接受不了的。

然而命运往往不是自己所决定的，当我手术结束出院回到家中时，眼前的一切都是那么陌生：整洁带电梯的居室、四白落地的墙壁、宽大透明的玻璃窗、彩色明亮的吊灯、古朴栗色的地板……这一切都是我儿舒波为我们这个小家精心设计并制作的一个杰作，为此他付出了很多很多。然而他却忘却了我最心仪和需要的东西，即旧居草桥欣园小区6层阁楼里所有的东西：笔墨纸砚尺、算盘、成百上千的藏书、无数抄写的胡同资料、几十年拍下来的几千张胡同照片和我经常向媒体和友人介绍的我画的30大张胡同图等，那都是我后半生须臾不可分离的东西。虽然我现在躺在苹果园亮丽的新居小屋里，可我的心怎么也亮丽不起来，身在苹果园，心仍在草桥欣园（虽然6层没电梯）。可是我那时已身不由己了。整天躺在床上，心里那个痛、那个气、那个烦、那个愁、那个无聊，又是那么无奈……我甚至想到了死，可是再一想我又不能够死，因为我的胡同工作还没有一个圆满的结局，我也没对多年来关心我、支持我、帮助过我的人进行应有的回报。我不能骗人，不管在什么情况下，我说过的话就要做到，死去只能人失望，所以我还要活下去。

作者（右一）与友人在东庄绿地的合影

    但每当我一想起我那草桥的书屋，一想起我们文友一年两次在草桥的聚会，一想起草桥欣园众多的友好邻居，离开他们，我就好像成了无源之水、无根之木。又像是天空中折翅的大雁，掉在地上，爬也爬不起，飞也飞不动。还像是一匹正飞驰的骏马，一下掉进了泥潭里……总之，我就像一个失去了根、丢掉了魂的人：愁、苦、烦。终于有一天，我说不出话来了。家里人一看不好，我儿舒波赶快把我送到医院，一检查：脑血肿。立刻住院手术，经过抢救之后，才使我逐渐恢复了正常。虽然脑血肿恢复正常了，可是癌症放疗的不良反应，仍然在折磨着我。

    有一次我带病参加了西城区档案馆在西直门内大街西城文化宫召开的一个会议。会上与以出版老北京著作闻名的北京燕山出版社副总编李满意不期而遇。当她了解到我的情况后，又来到我家，看了我画的胡同图、拍的胡同照片、写的有关北京胡同老门联的书稿后，很感兴趣，也是她慧眼识珠，我们一拍即合。后来又经过一段时间的共同努力，终于使这份书稿，变成了今天一本本精美的图书了。在此，我除向北京燕山出版社社领导以及全体职工表示深深感谢外，我还要向多年来支持我、帮助过我、理解我的家人、朋友、邻居以及中外采访过我的媒体朋友，表示深深的敬意和感谢。

    愿我们的真情与友谊长存。

舒 了
2015 年 8 月 2 日

古都风光——故宫东南角楼　　1995年9月14日

引言

漫话北京胡同老门联

　　北京胡同老门联，是北京胡同文化的一个重要组成部分，是北京胡同文化中的精髓。它以家家户户的门联这种最普通、最直接的形式，向人们展示着老北京胡同文化的深刻内涵。多年来，随着拆迁改造，胡同老门联也越来越少了。这里所说的老门联，是指雕刻在大门上、之后再以黑字红地，或红字黑地油彩的门联。其内容大都是传承了中国儒家文化和思想，如修身齐家、治国安邦、道德修养、发愤图强、名言警句、珍惜光阴、四时风光、喜庆吉祥，以及买卖公平等。这些门联大多都是百十年物，虽然历经风霜，有的已然斑斑驳驳，老脉纵横，但仍不失其本色，反而更突显出历史的厚重和诱人的古老风韵。其做工精细，讲究笔法，真、草、隶、篆无所不包。其笔锋或刚健、或洒脱、或凝重、或飘逸，可说是千姿百态、各展风姿。不但在视觉上给人以美的享受，更重要的是在内容上，给人启迪，促人奋进，给人以潜移默化的教育与熏陶。

　　我20世纪在北京胡同的走访中，先后发现并抄录下来的老门联共有240副。其中崇文区97副、宣武区55副、西城区48副、东城区40副。这使我感到很惊讶，难道"东城富、西城阔"的北城，反倒比"宣武穷、崇文破"的南城的老门联还少？后来我还发现，崇文区保留下来的老门联不但最多，而且从内容上看，别区有的，它有了，别区没有的，它也有，而且突出一个"商"字，这也是崇文区老门联与其他区有所不同的一个特点。这本书中，精选出各区最有特色、最有内涵、也最优美的一些老门联，供大家欣赏、品味，体会北京老门联表达的一份悠长意境吧。

最美乡愁

乡愁记忆

门联背后的名人故居

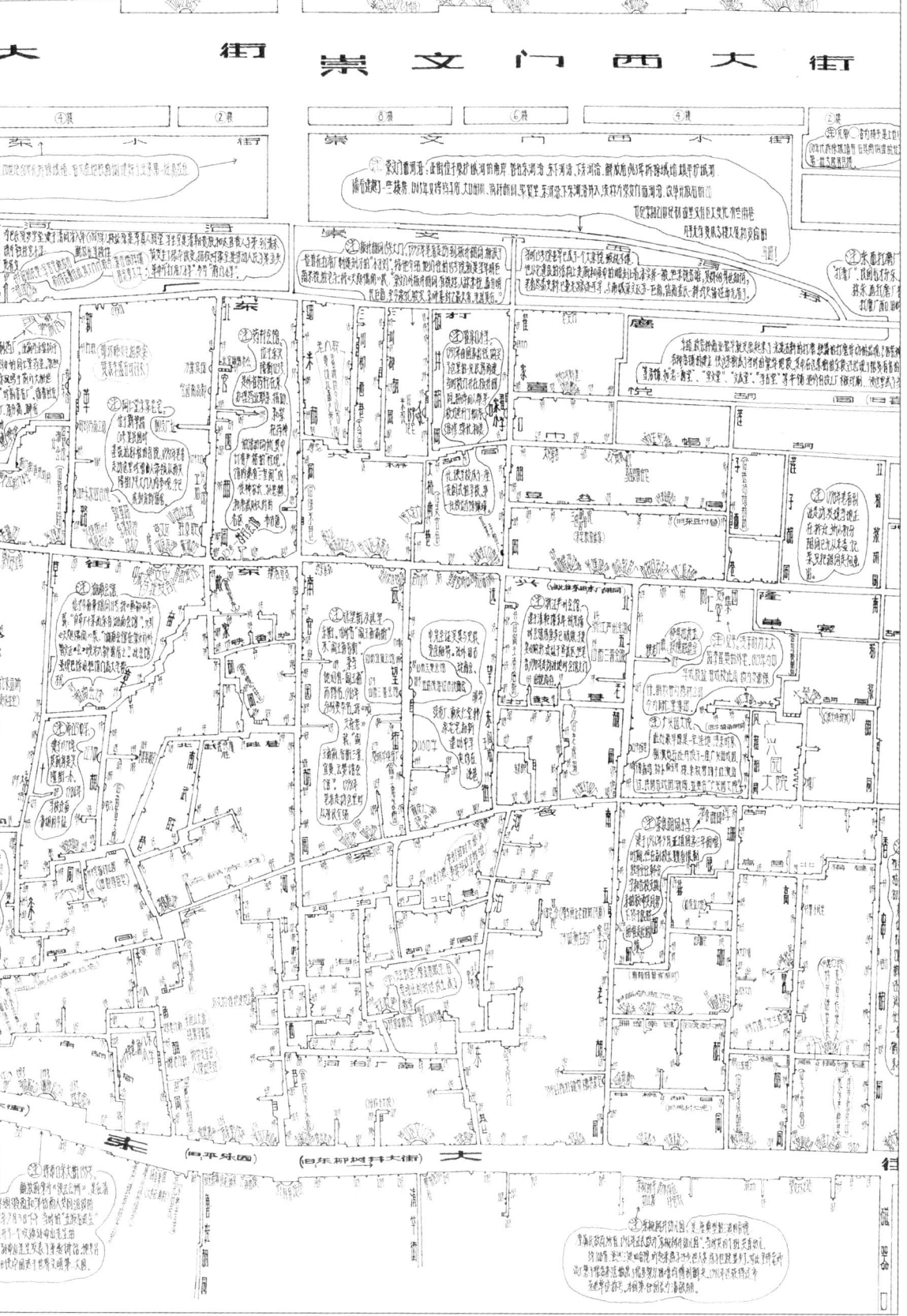

西城区大乘巷37号　　2001年12月3日①

①本书中的门联，多数因年代久远字迹多已模糊不清，为了易于辨识，作者在门联照片上进行了描画。——编者注

世纪民国,四槐人家——老志诚与香山慈幼院

以上是西城区①大乘巷37号门的一副门联。大乘巷位于西直门内大街以南、赵登禹路的西侧。东口通赵登禹路,西口通南草厂街,是一条东西走向的胡同。其37号门就坐落在这条胡同西口内路北。

上联:"世纪民国。"由孙中山先生领导的辛亥革命,推翻了中国几千年的封建统治。这句上联是对开创性地建立民主政体的一种拥护和赞颂,也是这家主人通过门联这种方式,表达关心国家命运的心情。此门联看上去既有古风,内容又充满了时代感,至今已有100多年历史了。所谓"世纪",一个世纪就是100年。这里应理解为开创了一个新的世纪。因为从这一天起,中国再也不是一个只有皇帝一个人说了算的国家了,而是以孙中山先生的三民主义——民族、民权、民生的民主国家取而代之。世界潮流,浩浩荡荡,顺之者昌,逆之者亡。就当时来说,类似这样内容的门联不止一家,四九城都有,对新风气的拥护由此可见一斑。

---

① 本书中凡是提到区县名称的地方,均是按照宣武区未合并进西城区、崇文区未合并进东城区时的区划来划分的。——编者注

西城区大乘巷37号　　2013年9月13日

　　下联:"四槐人家。"老北京人有个说法:"门前种树,院内栽花。"而正好在37号门前生长有4棵参天的大槐树(原有4棵,后损毁1棵,现只剩3棵,如上图),看样子少说也有三四百年了,十分壮观。那么取名"四槐人家"的这户人家,到底又是一户怎样的人家呢?

　　经我走访了解,还真有点复杂。那是20世纪末的一天,当我走到大乘巷35号门前时,突然发现里面有一座漂亮的白色欧式小楼,它突兀地立在四周私搭乱建的破屋和瓦砾之中。我感到非常奇怪,也感到它很不平常,这不是鹤立鸡群吗?为什么是这个样子?后来经过了解,才慢慢解开了这个谜。原来大乘巷从35号往西一直到胡同口,共有3个院落,最早都是现在35号院欧式小楼主人李姓人家的宅地。此宅最早的主人,原是清朝的一位官员。据其后人说,这块地就是当年宫里划拨的,到中华人民共和国成立前后,此宅基本上由李姓后人李露滋掌管。李露滋毕业于辅仁大学,后出国留学并加入了美国籍,但她常住英国,在英国剑桥大学、杜伦大学等校任教,回国亦不能久住,为此她便把此宅交给了既是好友又有师生之谊的钢琴家老志诚居住。

老志诚,1911年初生于北京,原籍广东顺德。其父就是著名的工艺科学家老焱若先生,老焱若先生一生发明颇多,如折叠伞、蜂窝煤、抽水机、自动旋转舞台等。然而老志诚并没追随父志,而是考入了北京师范大学音乐系,学起了弹钢琴。也是天赋加自己的努力,8岁时在东城米市大街基督教青年会举办钢琴表演,便引起轰动。1931年从北师大毕业后,即留校任教。同时还在京华美术学校、北京艺术师范等诸多学校教授音乐、钢琴。而且次

香山慈幼院老师,钢琴家老志诚先生

年还应香山慈幼院院长熊希龄的邀请,担起了香山慈幼院孤儿的音乐教学等工作。

香山慈幼院

对于香山慈幼院,也是从我开始走访北京胡同时才了解了一些情况,才知道在我们的身边,在北京的历史上,还发生过这样一个十分感人的故事,建立过在当时世界上来说都是数一数二的完美的儿童乐园、孤儿们的天堂——香山慈幼院。因此,从那时起,我不但对香山慈幼院这个地方产生了浓厚的兴趣与想往,而且对当年创办了香山慈幼院的熊希龄先生以及全力襄助他的助手和全院的老师们,如朱其慧、毛彦文、张雪门、老志诚、王珂等都产

昔香山慈幼院大门,今香山公园管理处[1]

---

[1] 本书中的图片基本为作者本人拍摄,但因年代久远有些无法拍得,书中大部分黑白照片或为档案馆等处提供,或为院落主人提供。不再一一标注。——编者注

熊希龄先生的墓园　　　　　　　熊希龄先生

生了深深的热爱和敬意。要知道，在那个苦难时代，人们自顾还不及，有谁还会顾及别人？然而就在这时，曾是民国总理的熊希龄先生，却挺身而出，倾其全部家产和半生精力，为救水灾中失去父母的孤儿，创办了当时在世界上来说都称得上是设施最先进、管理最科学、规模最庞大、环境最优美、教容最周全、老师最专业、服务最尽心、孤儿最幸福的一个人间乐园。这一点，就连当年美国记者参观了香山慈幼院后都说："较之美国所办幼稚学校有过之无不及。"可是那时的美国已是一个发达富有的资本主义国家了，而我们还处在刚摆脱封建帝制的十分贫穷的阶段，然而我们的香山慈幼院却超过了他们的幼稚学校。可以想象，这要用多少辛劳和多少倍的努力才能完成啊！我想这绝不是一般人所能做到的。当时，我恨不能一脚踏上香山，亲眼看看我们的先辈创造的香山慈幼院到底是什么模样，甚至也想看到我所崇拜和敬仰的一些先辈。然而时间上的阴错阳差，使我失去了这样的机会。

熊希龄与师生合影

钢琴家老志诚

可是没想到,多年以后在后来的胡同走访中,经当地人介绍,我竟站到了当年香山慈幼院著名钢琴老师老志诚的故居门前,也就是今天的西城区大乘巷35号门前。这使我感到非常兴奋,原来老志诚先生不但是我国早期最著名的钢琴家、教育家、作曲家,还曾写出过诸如表现牧童生活的《牧童之乐》、表现草原美丽风光的《草原上的春天》以及表现劳动人民生活的《锄头歌》《大路歌》,尤其是反映人民抗日救亡的歌曲《民族战歌》等歌曲,曾鼓舞了千千万万中国人民,而早在1932年,他就和聂耳合作、演出过《国际歌》。由于爱国,主张抗日,在抗日战争时期,他曾三次被捕,受到严刑拷打,但始终不屈,可以说是一个坚定的爱国者。

新中国成立后,老志诚先后任北京艺术学院副院长、中国音乐学院和中央音乐学院教授等职。当时老志诚就住在大乘巷35号这所花园式院内。而此时大乘巷35号以西的房产,也先后被占用和出售,其中37号院于1952年被冯玉祥部下侍卫营营长李永祥买

香山慈幼院"蒙养园"

去，其子女至今仍住此院，原建筑也基本保存完好。然而其门外4棵高大的古槐，1958年因建小高炉，被烤死了1棵，现在只剩下3棵。其门联"四槐人家"，实际早已变成了"三槐人家"。之后，又是"文化大革命"，使37号院与35号院的主人都受到了不小的冲击，幸运的是他们也都逃过了这一劫难。不过造反派强占了他们的一些房子，并在院中私搭乱建了一些小屋，这也就是我第一次来到这里时，看到35号院"鹤立鸡群"的那种奇怪景象。1976年，"四人帮"被粉碎，老志诚先生也得到了彻底平反，后来根据政策，还给他分配了住房。1988年，老志诚先生怀着一种难以割舍和哀伤的心情，搬离了他居住了几十年的大乘巷35号院，因此也是搬离了大乘巷这块他父亲老焱若和他妹妹老春荣的亡故之地，从此一去未归。此前，他还把多年前35号院主人李露滋交给他的钥匙，亲手转交给了李露滋的亲侄女李佩芝老人一家。至于至今保存在37号门上的那副门联"世纪民国，四槐人家"中，那"四槐"到底是谁家栽的？看来已无从考证了。

圣代即今多雨露，诸君何以答升平
——刘鸿升的"名优之死"

以上是西城区护国寺街75号门的一副门联。护国寺街位于新街口南大街路东，东口通德胜门内大街，西口通新街口南大街，是一条东西走向的街道，也是一条历史上较繁华的街道，75号门就坐落在这条街道路北偏西。

上联："圣代即今多雨露。"出自唐代边塞诗人高适的《送李少府贬峡中王少府贬长沙》的诗。这首诗是描写高适送别遭贬的同僚李少府和王少府二人——他们一个人被贬巫峡，一个人被贬长沙，三人互相交谈的情况。最后诗人以鼓励的口吻对他们说："圣代即今多雨露，暂时分手莫踌躇。"整首诗的意思是说：你二人被贬，离开京城到边远荒僻的地方，固然令人很难过，但当今皇上还是很圣明的，朝廷恩泽犹如雨露普降，迟早会赦免你们，分别是暂时的，别再犹豫彷徨，走吧！其诗原文如下：

> 嗟君此别意如何，驻马衔杯问谪居。
> 巫峡啼猿数行泪，衡阳归雁几封书。
> 青枫江上秋帆远，白帝城边古木疏。
> 圣代即今多雨露，暂时分手莫踌躇。

西城区护国寺街75号刘鸿升宅　　1994年11月28日

下联："诸君何以答升平。"出自唐代诗人杜甫《诸将五首》中第二首的最后一句。其诗原文如下：

> 韩公本意筑三城，拟绝天骄拔汉旌。
> 岂谓尽烦回纥马，翻然远救朔方兵。
> 胡来不觉潼关隘，龙起犹闻晋水清。
> 独使至尊忧社稷，诸君何以答升平。

以上这首诗，杜甫写于唐代宗大历元年（766）。此时安史之乱已平，但边患频仍。北方诸族仍时时侵扰边境。诗人痛感朝廷将帅无能，故作诗以讽刺。其中最后两句"独使至尊忧社稷，诸君何以答升平"，是说皇上整天一个人为国家社稷担忧，面对边患，而那些朝廷的将帅们却无所作为，只知道坐享升平。

一代名伶刘鸿升

由此可知，护国寺街 75 号这副门联，乃是一副组合联。之所以选取这样一副门联，很可能跟这家原来的主人刘鸿升的职业有关。刘鸿升清同治十三年（1874）生于河北深县，字子余，号泽滨。其父早年来京开了一家刀剪铺，其长大后也以卖刀剪为生。但他自幼酷爱京剧，天生又有一副好嗓子，经常参加业余票友活动，久而久之便被内行人发现。于是，他正式拜师学艺。初学花脸，后改学老生。由于出众，刘鸿升曾在谭鑫培手下扮演过《碰碑》中的杨七郎、《空城计》中的司马懿、《捉放曹》中的曹操等角色。后他又根据自己的特点，结合学习他人心得，自成一体，独立演出了老生戏《李陵碑》《洪羊洞》《空城计》《斩黄袍》《逍遥津》等。由于他嗓音高亢嘹亮、运用自如，又清脆入耳、韵味十足，因而引起巨大轰动，大有压倒一切之势。

不多年，就在刘鸿升事业蒸蒸日上、渐达顶峰之时，这位农民出身又卖过剪刀的纯朴汉子，却遇到了他人生迈不过去的一个坎儿。那是1921年，刘鸿升应邀赴上海大舞台演出。上海，旧时既是一个灯红酒绿、欢歌妙舞、繁华热闹的城市，又是一个人压迫人、人欺人、人吃人的城市，什么军阀政客、土豪劣绅、青帮红帮、地痞流氓、买办寡头、小偷妓女……可谓十里洋场，应有尽有。然而对于这些，刘鸿升根本没去想它，他只想如何把戏唱好、演好，以不辜负观众对他的热望。认真唱戏，老实做人，别人又能把我怎样？可是那时那地不是说理的地方，为人处世上稍不留心，就随时会有人出来威逼、恐吓，甚至在你演出中捣乱，叫倒好，让你演不下去。刘鸿升始终坚持正义，不向当地恶势力屈服。然而一虎难抵众狼、强龙难压地头蛇，他终于败下阵来，一头栽倒在了舞台之上，再也没有起来，时年仅45岁。一代名伶，就此陨落。后来剧作家田汉据此写出《名优之死》，曾公演于话剧的舞台之上，引起很大轰动。

刘鸿升虽然早已逝去，但直到20世纪末，其宅仍在，其门联仍完好地保留着。此联之所以说与刘鸿升的职业有关，关键是其中"答升平"三字。要知道，清时有一个专门由皇家掌管的戏曲机构，叫"升平署"。也就是专门给皇家演京剧的一个戏班子。演出内容除一般历史传统剧目外，祝福、欢庆、歌功颂德之类，自必不可少。刘鸿升没进宫演过戏，更没参加过"升平署"。然而他已是梨园界一个名演员了，既然圣代把雨露滋润给了大众，那么作为一个京剧演员，只能在舞台上以歌功颂德的方式来回报当今的升平社会。这也许就是这副门联的来由。

卜居积水，世守研田——许林邨冒死为老舍立碑

以上是西城区新街口街道办事处板桥二条5号门的一副门联。板桥二条位于新街口北大街东侧，东口通西海西沿，西口通新街口北大街，是一条中间地势较高、两头较低的胡同。其5号门就坐落在这条胡同东口内路北。

新街口板桥二条5号画家许林邨宅　　1994年5月7日

许林邨老人

那是1994年5月初的一天,当我第一次踏进这条胡同时,5号门的那副门联"卜居积水,世守研田"首先吸引了我。是什么人选择居住在当年较荒凉的积水潭畔的呢?

常言道:智者乐水,仁者乐山。原来这里住的是一位以笔当锄、以砚当田,日日笔耕不辍的老者。这位老者是谁?怎么就住在这么一个门板透孔、墙体脱落,屋顶压满了甬毡和砖块的破旧院子里?后来我才知道,这里住着一位出身不俗而处世低调、德艺双馨而平易近人、生活俭朴而为人和善的画家——许林邨老人。

且看荣华富贵,不过过眼云烟

许林邨,名枝海,号泼墨老人,祖籍河南灵宝,1913年生于北京。祖上既是官宦之家,也是书画世家。祖父许会元,曾任镇江知府。父许佑平,曾任光绪时吏部编修,擅书法。这对少时的许林邨来说,影响很大,加之后来又请人专门授其绘画,成年后即以此为业。然而许林邨老人的家原来并不在这里,其祖宅在南城琉璃厂东北角延寿寺街的一条小胡同里,胡同名为"许家大门"。"许家大门",就是许老祖上于清时在此建了一所大宅后,据此冠的地名。由于家境败落,到民国时,此宅便卖给了鹤年堂经理刘一峰,胡同也改名为"刘家大门"。

新中国成立后,刘家又把此宅卖给了新华书店,并把原大门堵死,从大门的山墙处开了一个新门,上面还写有"新华书店"四个大字,从此,这所宅院就变成了新华书店的办公之处。后来这里又变成了新华书店的家属宿舍。"刘家大门"也改成了如今的"刘家胡同"。我曾多次走访这里,对这条胡同已十分熟悉,但当年

宣外刘家胡同1号老大门(原许家大门)　　2013年5月22日

宣外刘家胡同1号大门（原许家大门被堵，此门是由山墙开的门）　　2013年5月22日

的许家大门内到底是什么样子，始终一无所知。一次偶然的机缘，在此遇到新华书店的一位退休老职工常文晋，他不但给我做了详细介绍，而且还带我到各个院中进行察看，才使我有了一个全面的了解。

原来"许家大门"这条胡同有两个坐北朝南的大门。一个在西，包括院墙，较矮，是个蛮子门，已显得十分陈旧；一个在东，包括院墙，都很高大，是个金柱大门，看上去很有气势，至今外表如新。这两个大门虽相距较远，但墙体相连，通过小门东西两院可以互通。此外，在这两个院子的东边和西边，还分别建有东跨院和西跨院。这样前排就共有四个院落，如果从中间两个主院向后推，整个宅子也是四进的院落，其中最后一个院落就是本宅的后花园。全部建筑都是磨砖对缝、前廊后厦，彩绘游廊贯穿每个院落。其中以东侧主院第二进院落的正房最为讲究，冬有暖气、夏有冷室，且院中还有一段暗道前后相通。整个宅院西从东北园北巷起，东到延寿寺街；南从许家大门起，北可达佘家胡同，全部面积有2000多平方米。这一点，无论从它的建筑面积，还是从建筑的考究来说，在宣南虽不能说绝无仅有，但可以肯定地说是少之又少。

这就是当年许林邨老人的那个气派的家，比起现在居住的那座破旧低矮的小平房来说，可谓差距不小。可是这些在许林邨老人的眼里，可能都是过眼云烟。人生无常，既然命运如此，只能随遇而安。不仅如此，当年老人还亲自书写了一副门联"卜居积水，世守研田"，并把它用隶书大字雕刻在大门上。意在表明，这家主人当年是自己选择居住在积水潭畔的，这里虽远离繁华街市，但换来的却是远离尘嚣的清幽；居室虽简陋矮小，但室雅何须大，花香不在多，一粟草堂，能使老人世世代代、安安静静地在此读书、写字、作画足矣！正是由于此，所以新中国成立后老人多次婉言谢绝了有关领导要给他调房或修缮房屋的建议，他说：不麻烦领导了，我们自己能够解决，而且我也习惯了，离不开这里了。可见老人的心地是多么的纯朴善良。

许林邨老人继承家学，既擅书画，又精于金石，造诣很深。其作品先后被中南海、毛主席纪念堂收藏。许林邨还是北京市文史馆馆员和海淀老年大学书画讲师。然而新中国成立后的近30年时间，老人几乎一直是默默无闻，其中自然与老人一心只想作画，不善张扬的性格有关。

老舍先生辞世碑

然而就是这样一位老老实实做人、认认真真作画的老实人，"文化大革命"中竟做出了一件十分令人震惊的事情。那就是在1966年，老人眼看着自己心中所崇拜的一个个大师离去，感到叹惜，尤其是老舍先生之死，使老人再也抑制不住心中那不平之火。然而对于一个文弱而又年迈的老人来说，又有何方呢？于是他翻来覆去，左思右想，最后终于下定决心，要为老舍先生刻一块石碑，待老舍先生逝世一周年的那天，把碑立在老舍先生投湖的岸边。一来表示自己对老舍先生的崇敬与怀念；二来也是对老舍先生在天之灵的一种安慰；三来表达自己对于世事的态度。

对于刻碑，许林邨老人是个内行，如果在平日，那不算什么，可是在当时就不同了，况且还是为老舍树碑，风险实在太大了。然而老人的决心已下，白天他若无其事，到了晚上夜深人静之时便拿起刻刀，小心翼翼刻了起来。就这样不知经过了多少个不眠之夜，此碑终于完成了。碑文是：

人民艺术家

老舍先生辞世处

六七年周年纪念许林邨敬立

哎呀，怎么把自己的名字也写上了，这不是引火烧身吗？不，这叫光明正大，明人不做暗事，时穷节乃现。很快，在一周年来临的那天清晨，在友人吴幻荪①的协助下，老人终于把碑立在了老舍生前所投太平湖的岸边。

然而天有不测风云，1971年，在一项填湖工程中，此碑再也找不到了。万幸的是，这个碑此前曾被一位金石爱好者白鹤群②先生发现并及时拓了下来，这就为粉碎"四人帮"后复制此碑提供了珍贵的史料。后来老舍先生也得到平反。2005年，许林邨老人也以92岁高龄驾鹤西归了。如今又经过许多年，板桥二条5号许林邨老人曾住过的那个平民小院仍在，大门上那副当年由许林邨老人亲手雕刻的门联"卜居积水，世守研田"仍在，只是破旧的外表又增加了些许岁月的痕迹，让人感到物是而人非。

吴幻荪

---

①吴幻荪（1905—1975），北京人。原名吴哲生，号茱萸，别号吟碧馆主。青年时期参加湖社画会。致力于山水画写生，融合西法。曾任国立北京艺专教师，北京国画社画师，中央美术学院、中央工艺美院教师。著有《中锋湿墨画论》。

②白鹤群，1945年出生于北京，满族，著名作家，致力于北京史地民俗文化等的研究，出版作品有《北京的会馆》《香山脚下话旗营》《老北京的居住》等。1967年9月，在家门口太平湖畔捶拓了肝胆义士许林邨老人冒死为老舍先生立的辞世碑。

薛家湾胡同39号修缮后的钱氏宗祠　　2011年12月24日

武肃勋名久,彭城世泽长——钱氏宗祠的来龙去脉

　　以上是崇文区薛家湾胡同39号门上的一副门联。薛家湾胡同位于珠市口东大街中间路北的一条胡同里。其东口与奋章胡同相通,西口通北桥湾街,是一条东西走向又有点偏斜的胡同。其39号门就坐落在这条胡同中间路北一个小门里。

1998年秋,在薛家湾胡同发现"钱氏宗祠"

崇外薛家湾胡同钱氏家族钱老部分儿孙们
（贺钱老百岁生日照） 2003年3月23日

那是20世纪末的一天，当我在薛家湾胡同由东向西走访到39号门前时，突然发现其门额上镶嵌有一块汉白玉的旧石匾，上有"钱氏宗祠"四个黑体大字，它立刻吸引了我。

此后，我在一个偶然的机会，又在"钱氏宗祠"污黑的大门上，发现还有一副老门联，经仔细辨认，方知上联为"武肃勋名久"，下联为"彭城世泽长"，横批为"铁券家声"。

"武肃勋名久"，即指武肃王钱镠在历史上做出的功勋，流传久远。

"彭城世泽长"，彭城（今江苏徐州），系古代彭祖的发祥地。彭祖原名篯铿，善养生之道与长生之术，并惠及民众。他又是钱镠的远祖，故其恩泽于民，可谓源远流长。

"铁券家声"，铁券，即指的是唐昭宗时，皇帝赐给钱镠的"金节铁券"，俗称"免死牌"。这是皇帝赐给有特殊功绩的臣子的最高奖赏，可谓功勋卓著，名声远扬。

然而不管是当地居民，还是居委会，只知"钱氏宗祠"这户人家姓钱，子女众多，其他全然不知。正踌躇间，忽然从门内走出一位老者，我赶忙向前，准备向他求教。不想刚说了几句，他就说："有些我也不太清楚，干脆你跟我来，找我爸跟你说说。"于是，他就把我带入院内一北屋中，把我介绍给了他的父亲，时年已92岁的钱鸿绪老人。当时钱老已患病多年，身体有点偏瘫，正半躺在床上，见我们进来，由女儿帮助，缓慢坐了起来，看上去精神还是蛮好。后来，我又向老人简单介绍了自己的情况并说明来意。老人听了很是高兴，于是从这天起，我不但从老人那里了解了"钱氏宗祠"的全部历史，而且通过长时期与老人的接触与交谈，我和老人也成了忘年之交，直到2003年7月21日老人逝世。

吴越王钱镠

原来，北京的"钱氏宗祠"，祭祀的是唐末五代初统治江浙一带的吴越王钱镠。钱镠是浙江临安人，生于唐大中六年（852）的一个"世田渔事"家庭。自幼聪慧，喜文善武，长大后以贩私盐为生。后参军，在石镜镇指挥使董昌手下当了一名偏将，后累功。唐光启初年，越州节度使刘汉宏，欲吞并浙西。钱镠率兵东进，很快攻下越州，并亲斩了刘汉宏。董昌做了越州的头目，次年钱镠被正式任命为杭州刺史，从此开始了崭新的一页。

钱镠当上杭州刺史后,便提出了"保境安民"的口号,并亲自带领20万士民,对杭州城进行了三次大的修建,极大地增强了抗敌能力,同时也为发展经济、保障人民生活安定打下了良好基础。

唐乾宁二年(895),越州节度使董昌公开叛唐称帝。董原是钱镠的上司,又有恩于钱镠,为此,他曾几次修书力劝:与其闭门做天子,与九族、百姓俱陷涂炭。岂若开门做节度使,终身富贵……然而董一意孤行,不听劝阻。钱镠无奈,本着拥护唐王朝这个大局出发,奉诏讨伐,次年便攻下越州。在被缚的路上,董昌自觉已无颜面见钱镠,遂投河而死。此时唐王朝有感于钱镠的特殊功绩,

作者(二排左一)与薛家湾钱氏家人合影,第一排中间老者为钱鸿绪老人,时年92岁,为五代时吴越王钱镠第33代孙　　1998年7月16日

遂封他为镇海和镇东节度使，统辖江浙一带，并特授钱"金书铁券"（此券俗称"免死牌"）一方，曾在原中国历史博物馆（现中国国家博物馆）公开展出，我有幸亲眼目睹。当年钱镠接过这方铁券时，感动得哭了起来，说道："我才四十余岁，就受皇上如此厚爱，恩重难报啊！"并教育自己的子孙，"谨当日慎一日，诫子诫孙，不敢因此而累恩，不敢因此而贾祸"。

唐天祐四年（907），朱温篡权称帝，自称梁太祖，改元开平。当即封钱镠为吴越王，并准其建王府一座。次年钱镠自称吴越王，自此建国，改天宝私行于境内，但对外不设年号，以此表示他仍是"国中之国"。此时有人向他建议：填西湖以建王府，可有祚千年。钱说："百姓靠湖水为生，有水则有民，无水则无民，我怎能把湖水给填了！"再说："哪有做千年之君的道理，我有百年就知足了。"不但没填湖水，反而组织士民对西湖进行大力疏浚，开涌金池，引西湖水入城以利民用。他还奖励农民开荒种地，养蚕种麻，从而使农业得到空前发展，为太湖流域的鱼米之乡和杭州的丝绸之府打下了一个良好基础。钱镠也大力发展对外贸易，当时钱塘已呈现出"潮水初满、舟楫辐辏、望之不见首尾"的繁荣景象。钱镠度德量力而识时务，他从没有非分之想，更没野心，在政治上拥护唐王朝的统一，始终是他坚定不移的立场。唐天祐以后，朝廷力衰，各地藩镇纷纷改元称帝，此时有人劝钱做天子，他不从。后梁代唐，此时又有人劝他兴师讨梁复唐，他说："吾若外讨，彼必乘虚而入，百姓必遭涂炭。吾以有土有民为主，故不忍杀戮尔。"从而避免了战祸，也保护了人民的正常生活和社会的发展。

因钱拥护唐王朝的统一，故他镇压过黄巢起义，也曾被人指责"重敛其民而奢僭营造"（指建寺院、佛塔等）。但在那个时代，又是行伍出身的他，能在唐末藩镇割据、战乱不止、你争我夺、民不聊生之际，据守一方，保境安民、悉心经营、发展生产、繁荣经济，成为当时五代十国中的一个佼佼者，实也可称得上是一位贤士了。

历史上，可以说出现了不少昏君，也有很多亡在了所谓"红颜祸水"身上。然而钱镠在这个问题上又是怎样处理的呢？钱有一妻数妾，其中有一他非常宠爱的妾名郑玉姣，其父名郑叔宝。郑叔宝依仗自己是"国丈"的地位和权势，常常胡作非为。一次游西湖，见一美貌女子即进行非礼，当即遭到女子丈夫的斥责。郑叔宝恼羞成怒，竟指使其手下人将其丈夫投入湖中溺死。此事传到钱镠那里，钱大怒，很多人让钱镠看在郑玉姣分儿上，为其父求情，钱说："岂可以一妇人比我法度！"依法将其父处死，并令郑玉姣上山入庵为尼。钱镠何以能做到宁舍心爱、不听邪言，坚持大义灭亲？这与他自幼习武，23岁参军，以至于几十年来对事物的观察和善于吸取历史经验教训有关。《钱氏家训》正是这方面的一个体现，现摘抄部分片段如下：

一、心术不可得罪于天地，言行皆当无愧于圣贤。曾子之三省勿忘，程子之四箴宜佩。

二、子孙虽愚，诗书须读……勤俭为本，自必丰亨，忠厚传家，乃能长久。

三、信交朋友，惠普乡邻。恤寡矜孤，敬老怀幼……不见利而起谋，不见财而生嫉。

四、执法如山，守身如玉。爱民如子，去蠹如仇。

后唐长兴三年（932），钱镠病危，他召集亲眷重臣："吾病必不起，诸儿愚懦，谁可仕后事，公等自择之。"众一致推钱七子元瓘继承王位。钱亲将国印、兵符、城门钥匙交予元瓘，然后再三嘱咐自己的子孙："子子孙孙要善事中国，勿以易姓废事大之礼。"言讫，钱镠随即薨逝，终年81岁，在位28年。钱镠墓葬浙江临安安国山南麓，并由朝廷批准，分别在钱的故乡临安和都城杭州龙山，为其建祠立碑。后来，历代文人如苏轼、范仲淹、米芾、岳飞、文天祥等人，都对他有极高评价。其中以文天祥的"千年之功德，百世之楷模"为世人所传颂。

钱镠逝世后20余年，宋朝建立。当时的吴越王是钱镠之孙、钱元瓘之子钱弘俶（因弘与赵匡胤父赵弘殷讳，后改名钱俶）。钱俶依祖上钱氏遗言"子子孙孙要善事中国，勿以易姓废事大之礼。如遇真君，即刻归顺"的教导，于宋太平兴国三年（978），纳土归宗，举家迁往洛阳。后又历经元、明、清各个朝代，钱氏后人便流落到全国各地及海外。其中在北京的一支，在清雍正皇帝登基的第二年，雍正皇帝有感于钱镠在历史上的功绩，便封钱镠为诚应吴越武肃王，并特命有司会同在京的钱氏后裔，共同为钱氏在北京建祠，地点在崇外芦草园玉泉庵（今南芦草园胡同以西小蓆胡同）。而我们今天在崇外薛家湾胡同所看的那座"钱氏宗祠"，是由于原先那座钱氏宗祠经历了100多年的损毁、倾圮，因而重新选址，于道光十八年（1838）重建的。祠内原供有钱王像、康熙帝题写的"保障江山"匾额一块、雍正帝题写的"澄澜保障"匾额一块，还有一些碑刻和带有乾隆印记的瓷器等珍贵文物。然而"文化大革命"中，这些都已荡然无存，只有道光十八年重修"钱氏宗祠"那块碑记，因埋入地下才得以保存下来。

历史上，吴越国可以说是五代十国中的一个小国，然而由于钱镠在很多重大问题上都采取了有利于人民、有利于整个国家的十分明智、正确的政策，才使得钱氏赢得了人们很高的赞赏。难怪有书中提到："治杭八六载，有国七二年。""烽火遍天下，平安独此邦。""东

作者(前排左三)与在北京薛家湾钱氏宗祠参观的杭州钱氏家族代表团合影　2009年11月6日

南重望,吴越福星。""一代明主,功及后世。"[1]

千百年来,钱氏不但普遍受到人们的赞美,而且也普遍受到各个朝代皇帝的尊重:封王、建祠、立碑。钱氏家人和钱氏家族,更是得到了保护、传承和发展。其中为官者,几乎代代不乏钱氏子孙。如北宋曾任工部尚书等职的钱惟演、明时曾任文渊阁大学士并参与国家大事的钱士升、清时曾任刑部侍郎的钱陈群等。到了近代,钱氏后代更是人才辈出,几乎都是出类拔萃的人物,美誉遍神州,

---

[1] 摘自周峰主编:《吴越首府杭州》,浙江人民出版社,1997年版。

如导弹之父钱学森、原子弹之父钱三强、弹性力学之父钱伟长、文学家钱玄同、历史学家钱穆、文学家钱锺书、一身精三艺的篆刻书画家钱君匋、曾任人民日报社社长的钱李仁以及曾任水利电力部长的钱正英等。钱氏后代之所以兴旺发达而又人才济济，这绝不是历史上一件偶然的事，而是和钱氏的治国理念和治家理念有着很大的关系。不管是治国还是治家，道理是一样的。因此，研究钱氏治国思想和治家理念、研究钱氏"保境安民"和拥护国家统一的思想，保护好北京的"钱氏宗祠"，都有着重要的历史意义和现实意义。

厚德载物，和气致祥——一代名伶李和曾

以上是崇文区珠市口东大街路北245号门的一副门联。245号门位于一条小长胡同的顶端，新中国成立前它原是一户由山东人来京开皮局子的宅子，名"益丰号"，主人名叫杨少业。但到我走访这里时，不但换了人间，也换了主人。此门看上去十分老旧、古朴，但门簪、门钹、门雕、门联、门槛、门墩还都保持完好无损，充满了历史感，体现出敦厚的风格。

上联："厚德载物。"出自《周易》："天行健，君子以自强不息。地势坤，君子以厚德载物。"意思是说，天地间，大自然的力量巨大无穷，而且一往直前永无止境。而作为一个君子，也应该以自强不息的精神，去努力奋斗，为人类的美好事业而贡献出自己的力量。地的形势取法坤相，大地可以容载万物，君子也应该像大地那样，有承载万物的勇气与美德。杨少业是山东人，有文化，山东也是孔子的家乡，对于孔子提倡德的论述，恐怕他能体会得更深，具体说就是：对父母孝、对师长尊、对国家忠、对朋友信。在社会上做一个光明正大、忠诚正直的人，不欺、不骗、不偷、不抢、不坑、不蒙、不仗势欺人、不巧取豪夺……总之就是"己所不欲，

珠市口东大街245号（小胡同顶头门）

勿施于人"。要讲德，讲厚德，不要薄德，更不能缺德，因为缺德往往就是损人利己，那是人品低下并且很让人轻蔑的一种行为。

下联："和气致祥。"和气，就是待人谦和友善。常言道："和气生财。"其实，"和气"岂止"生财"，更重要的是，往小里说它能使家庭和美、邻里互敬；往大里说，整个国家和社会都能处于和谐美好的环境与氛围之中。环境上的美好与精神上的满足，要比"财"珍贵得多。这就是"和气致祥"的深刻道理。

唱戏的是疯子，听戏的是傻子

245号这所老宅，新中国成立后，曾红极一时的著名京剧演员李和曾就曾住在这里。李和曾，北京人，毕业于中华戏曲专科学校，攻老生，拜高庆奎为师，是高派的著名传人，其拿手戏如《斩黄袍》《逍遥津》《哭秦庭》《李陵碑》等，都是当时脍炙人口的好戏。

我是个京剧爱好者，记得当时我收音机里经常播放李和曾的唱段，每到这时我就会把别的事情先放下，静静地细听起来：那琴声的悠扬顿挫、那唱腔的婉转气韵、那剧情的愁苦凄凉……统统向我袭来。动情处，总不免会流下几滴泪来。有人说："唱戏的是疯子，听戏的是傻子。"这种说法，我想也对，也不对。首先说，唱戏的都是假扮早已死去的古人。说杀并不真杀，说打并不真打，说死也并没真死，总之唱、念、做、打一切都是假的。从这一点来说，唱戏的自然像个"疯子"。再说听戏的，明明知道这不是真的，但还自掏腰包买票去看，抬着头、扬着脸、两眼紧紧盯着舞台上的一举一动，有时叫好，有时鼓掌，有时被剧情感动得泪流满面，这简直又真像个"傻子"。

然而老北京人常说："听书看戏，那都是教育人的。"也就是说，虽然演戏这是假的，但戏里的人物、剧情，被演员演绎得很真实。它是利用艺术形式在某种程度上把历史给还原了。

那么历史又是什么？历史是一面镜子。善与恶、忠与奸、是与非、好与坏……都能一一通过演戏，呈现在人们面前，从而引起共鸣。此外，从京剧人物上看，生、旦、净、末、丑无所不包；从内容上看，忠、孝、仁、爱、礼、义、廉、耻，无所不涉，从而给人以教育。难怪新中国成立后，周总理把京剧定为"国剧"，那是有深刻道理的。京剧经过"文化大革命"，差点没"淹死"，后经政府扶持，总算缓过气来，可是比起流行曲等，仍然式微得很，这是我们文化上的一个遗憾。当然原因很多，主要还是我们继承得不够，演出场次比较少，而且剧目也相对比较单一。就拿《逍遥津》这出戏来说，人们只知道李和曾和他的徒弟辛宝达，再往下呢？好像也有人演过，但是以后还能否见到，就不得而知了。

李和曾原来身体并无大碍，然而就在他和夫人李忆兰居住在珠市口东大街245号这座老院时，"文化大革命"开始了。夫妇俩遭到了迫害，最后被扫地出门，蜗居于群智巷一间废弃的小屋里。

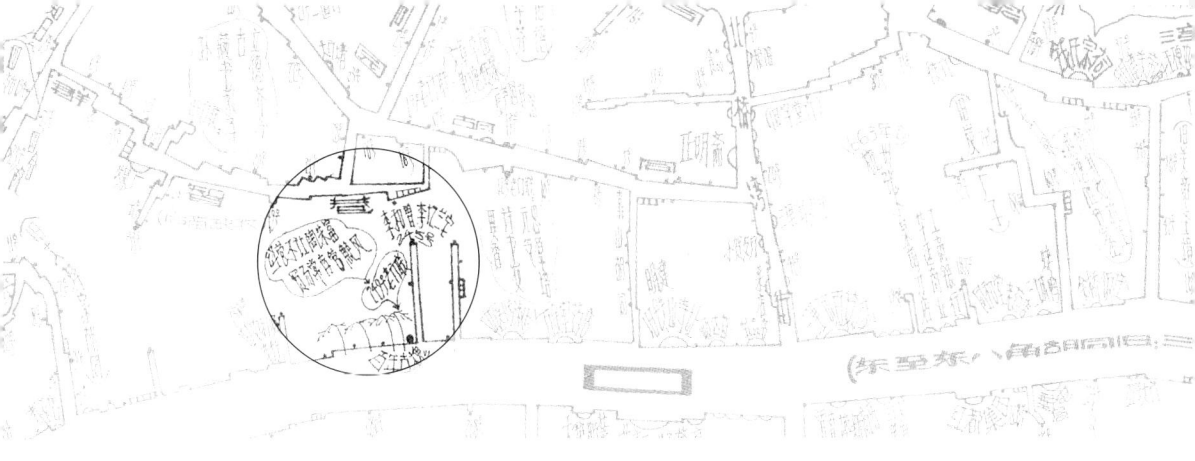

然而李先生大难不死，和夫人相依为命，熬过了10年岁月，直到粉碎"四人帮"。最后还在夫人的搀扶下抱病登了一次舞台为群众献艺。这也是他人生中最后一次向群众登台献艺，后终因旧疾未除新疾又发，于2001年初辞世了。从此，在中国京剧舞台上失掉了一位极有声望的高派传人。但愿我们的京剧，再快些恢复并发展起来。

崇文区前外长巷二条13号　　1998年4月12日

里有仁风春色传，家余德泽吉星临
——杨经武与"经武医院"

以上是崇文区前门街道办事处长巷二条13号门的一副门联。长巷二条位于前门街道办事处辖区的西北方，是一条由西北拐向东南的弧形胡同。北口通西打磨厂街，南口与长巷五条相交，其13号门就坐落在这条胡同北侧路西。门联是用篆体雕刻而成，上书"里有仁风春色传，家余德泽吉星临"。

上联："里有仁风春色传。"出自《论语·里仁》。孔子曰："里仁为美，择不处仁，焉得知？"意思是说，居住在有仁爱的地方那才美哪，如果选择一个没有仁爱的地方去居住，那是很不明智的。衣、食、住、行，人之所需，哪个方面都是不可或缺的，而且哪个方面也都有讲究。就拿住来说，一个地方有一个地方的风气，好的风气就能给人以好的影响，坏的风气可能使人变坏。因此，早在2000多年前，孔子就看出了这个问题，并向人们提出了"里仁为美，择不处仁，焉得知"的告诫，可以说"孟母三迁"的故事，在思想认识上与其有相似之处。

总之，长巷二条13号门的门联，其意思就是：我们居住的这个地方，充满了仁爱之风，它就像春天的阳光温暖着我们，使我们感到温馨和快乐。而我们各家，也都很注意仁德，助人为乐而好事不断。

长巷二条13号院旧门牌是46号，新中国成立前是一座私人诊所，名"经武医院"。它是由民国初年毕业于河北省医学院的杨经武先生于20世纪30年代创建的。杨经武先生原籍河北深县，毕业后来京，先租住在长巷二条北口2号，后因院内窄小，又迁至今13号院内。此院为前后两院，有房共21间，均为磨砖对缝。当时除设有西医内科门诊外，还设有住院处6间，就当时来说，"经武医院"还算说得过去，红火了一阵子。杨经武先生的父亲一生教书，而且是专教中学英语。这在那个时代来说，可真是很新潮。他有一子四女，其中除最小的女儿因受"文化大革命"影响没上大学外，其余子女都毕业于高等学校。如大女儿杨培毕业于河北农学院（今河北农业大学）；二女儿杨秀珍毕业于河北医学院（今河北医科大学）；三女儿杨秀英毕业于河北农学院；四子杨福田毕业于北京师范学院（今首都师范大学）。因此杨经武先生的家庭真可谓是书香门第。

杨经武先生的子女之所以个个都很优秀，这是跟杨经武先生的家庭教育分不开的，他常对子女们说："作为一个人，必须要努力学习，不学习就没出路。尤其是女孩子，不学习就不能自强自立，永远处于被屈辱的地位……"正是由于当年杨经武先生对子女们的这种发自肺腑的教诲，才使得子女们个个成才，成了建设国家的栋梁。如今，虽然杨经武先生早已过世，但杨经武先生当年创办的"经武医院"旧址仍在，并且已被定为区文物保护单位。原住在这里的杨经武先生的独子杨福田一家，也早已搬迁到朝阳区弘善小区居住。杨福田生于北京，幼年曾先后在教会办的汇文小学和汇文中学读书，后毕业于地理系。毕业后做教学工作，后调入二轻局长期进行机械研究，直到退休。

天然如意墨，合并一得阁
——如意墨与"一得阁"的前世今生

以上是崇文区西打磨厂街114号门的一副门联。西打磨厂街位于崇文区西北部。它的北面隔崇文门西河沿，就是宽阔的前门东大街。其西口通繁华的前门大街，东口至北官园北口与东打磨厂街西口相接，是一条东西走向的街巷。其114号老大门，就坐落在这条街中间的路南。

上联："天然如意墨。""天然如意"，这是给墨起的一个名字。据史料记载："清嘉庆丙辰年制胡开明造文琳氏天然如意"墨。由此可知"天然如意墨"这种品牌的墨块，是在清嘉庆年间，由一个叫胡开明的人研制出来的。这种墨块呈扁长方形，类似人们夏天吃的冰棒。长七八十厘米，宽约30厘米，厚约10厘米，满身乌

天然如意墨

如今位于琉璃厂东街的一得阁　　2013年4月14日

黑,上点金粉,正面从上到下刻有"天然如意"四个漂亮的楷书大字。其字的下方还刻有一角书案,上面放有文房四宝及玉如意等物,看上去精巧雅致。此外,在选料上他们也主要选四川的高色素炭黑、骨胶、冰片、麝香等原料,运用传统工艺、精心加工而成。且不臭、不腐、不干、不裂,一年四季均可使用。正由于天然如意墨外观精美,质量又好,因此200年来,它在学界和书画界人们的心目中,始终是个名牌。

　　下联:"合并一得阁。"是谁合并一得阁了?当然是天然如意墨了。为什么？这要先从一得阁说起。话说清同治年间，湖南学子谢松岱进京赶考未中，便落寄京城。平日里他写字时，深感研墨费时费力耽误时间，很是不便，于是他便研究起墨汁来。也是功夫不负有心人，不久他便真的把墨汁研制出来，以墨汁代替了墨块。一上市便很受欢迎。开始他是走街串巷，沿街叫卖。后来他积攒了点钱，便在同治四年（1865）于琉璃厂44号开了一家生产经营墨汁的店铺。并取门联"一艺足供天下用，得法多自古人节"中句首的两个字，名"一得阁"，亲书并悬匾于门额之上。从此墨汁的使用，就广泛地传播开来，至今已有150年历史了。

然而，墨汁的出现，并没有一下子把市场完全占领，而是与墨块共生共存。因为墨块携带灵活方便，这是墨汁远远不能企及的。而且墨块的制作，尤其是"天然如意"墨的制作，其墨香之浓，外表设计装潢古朴典雅之美，使很多使用者常常把它看成是一件非常喜爱的艺术品，甚至亦是文化人的一种身份的象征。因而在1949年以前，除"一得阁"外，北京制作"天然如意"墨的小店铺、小作坊也不少。其中西打磨厂街114号院，就是其中之一。大约在20世纪50年代，工商界掀起公私合营的合作化运动，把行业重新进行组合。在这种情况下，北京一些制作墨汁、墨块的小店铺、小作坊就都合并到了"一得阁"的名下，其中也包括原来专门制作"天然如意"墨的西打磨厂街114号大院。后来这座大院就变成了"一得阁"的仓库，再后来又变成了"一得阁"的职工宿舍。如今已过了好多年，不知这个大院是否还存在？不管怎么说，当年它们被合并到"一得阁"后，在大门上留下来的那副门联，其自然、流畅和巧妙，还是给我留下了极深刻的印象。

宣武区宣外东北园北巷9号　2001年8月14日

物华民主日，人杰共和时——慈善富户鲁宅

以上是宣武区琉璃厂东北园北巷9号门的一副门联。东北园北巷位于琉璃厂东北部，它的西口与东北园胡同相通，东口通刘家胡同，是一条东西又加南北走向的胡同。其9号门就坐落在这条胡同中间路南。

以上门联中的"物华"与"人杰"，出自唐代著名文学家王勃的《滕王阁序》："物华天宝，龙光射牛斗之墟；人杰地灵，徐孺下陈蕃之榻。"

物华天宝，即物中之精华，天上之宝物。龙光射牛斗之墟，即宝剑的光芒直射到天上牛、斗二星之间的区域。

人杰地灵，即人中有俊杰，大地有灵气。

"徐孺下陈蕃之榻"中，徐孺，东汉高士，家贫，因不满宦官专权且认为朝廷病入膏肓，一生拒不为官，以农为生。陈蕃，东汉大臣，名士，与徐交好。任豫章太守时平常很少在家中接待宾客，而唯独徐孺一来，不但盛情欢迎，而且还专门预先为他准备了一床睡榻，徐孺来时才把榻放下，以便让其留宿，徐孺走后便把榻收起来。这就是"徐孺下陈蕃之榻"的由来。后陈蕃因反对宦官专权，

东北园北巷鲁宅　　1998 年 11 月 21 日

与外戚窦武谋诛宦官，事败被杀。

如今，东北园北巷 9 号门的这副门联，就是取王勃《滕王阁序》中的"物华天宝"，把它舍取为"物华民主日"；"人杰地灵"把它舍取为"人杰共和时"，从而赋予其新的含义。从字面上，我们可以清楚地看到，那就是它反映了当时人们面对清朝已亡，民国初立，人们追求民主、拥护共和体制的一种欢快心情。

东北园北巷共有 14 个门，其中除 14 号院曾是当年"鼓界大王"刘宝全的宅子外，其余 13 个门中有 8 个门均是一鲁姓人家的宅子，有着这副门联的 9 号门也曾是鲁家宅子之一。

鲁家在当地可真是个大户，老一辈人一提起来没有不知道的。鲁家最早的主人鲁调缘，浙江余姚禹王坟村人，世代为医。他于清末来京创业，然而事业平平。其子鲁峒，又名鲁心斋。鲁心斋自幼聪慧，性和善，喜钻研，他继承父业，后来也来京创业，从此便开创了鲁家在北京的发家史。

仁医·半悟老人鲁心斋

鲁心斋初来北京时也是居无定所，困难重重。然而由于他对人真诚，医术又好，对病人认真负责，久而久之便赢得了人们的信任。除草药外，他还自制一些丸、散、膏、丹的小药。药虽小，但货真价实，能治大病、急病，而且为便于贫苦人购药，既可买整又可买零，绝不强求。如他研制的三黄宝蜡（伤药）、八宝坤顺丸（妇药）、万金锭（暑药）、救急散（儿药）等，后来都成了一些家庭常备的药品，很受平民百姓的欢迎。由于鲁心斋长期对医术刻苦钻研，后来他终于研制出了一种对伤寒病有效的疗法，治好了不少病人。旧时伤寒病既是一个可怕的病，又是一个难治愈的病。当时鲁心斋能妙手回春，拯救了不少这样的病人，从此更是名声大振，"伤寒鲁"的绰号便开始传开了。据鲁家人讲，为此鲁心斋还曾一度进太医院当了太医。

经过多年艰苦的打拼，鲁心斋在北京的医业已有了巨大发展，可以说如日中天。开始时，鲁心斋先租住在珠市口西大街的柳树井，后来又搬到羊肉胡同居住，此时他已有了一定经济实力。到了1895年，鲁心斋决心买下琉璃厂东北园一片破旧宅院，并将它全部推倒，重建了南北两排门户相对、具有前后两个院落的八套四合院，也就是我们今天在东北园北巷仍能看到的那些院落。此外，在那前后，鲁家还在羊肉胡同开了一个"宝丰当"，在板章胡同开了一个"同义当"，在天桥与人合伙开了一个"利昌木厂"。据鲁心斋之子鲁鸿儒先生回忆，鲁家鼎盛时期，家中最多时曾存有80万大洋。据同一时期曾给梅兰芳写戏的齐如山先生回忆，那时物价非常便宜，几毛钱就可吃上一桌很好的宴席。由此可见，当时鲁家是多么阔绰。

然而这样红火、快乐的日子没过多久，1900年八国联军入侵京师，慈禧西逃。联军烧杀抢掠。鲁家虽衣食无忧，但日夜心惊胆战，生怕遭到什么不测。当时琉璃厂东北园一带都成了德军的驻地，鲁家的房子也被德军强占了一部分。德军还从附近不知是哪个庙里还是皇家苑林拖来两块巨大的柱顶石，放置在门外当上马石使用（如今此石仍弃置在原处）。从此，全副武装骑着高头大马的德兵，就终日穿梭在小巷之中。可以想象，当时鲁家人面对着这些穷凶极恶的"洋匪"，心情该是什么样子。次年《辛丑条约》签订，八国联军撤出京城，北京老百姓终于松了一口气。然而京城遭此一劫，百姓苦不堪言，有的家破人亡，有的衣食无着。面对此情此景，此时早已成为佛教徒的鲁心斋，除弘扬佛法，广泛布施于僧众寺庙外，又拿出大量资金，购买粮食、布匹等，制作棉衣、棉被，对灾民进行救济。从此，这一做法竟逐渐演变成了每年一到冬季，鲁家救济贫苦百姓的一项"制度"。20世纪初，有一年我国东北遭灾，大批难民涌入北京。当时由政府在前门外广和楼剧场组织了一次"搭棚舍粥捐助大会"。其中东北园鲁家和瑞蚨祥孟家，一次就分别捐出了5000大洋，受到各界的崇敬和赞扬。

鲁心斋还有一个名字：优婆塞半悟老人。这是鲁心斋在京西潭柘寺入了佛门之后，为自己起的法号。优婆塞，即男居士。当时他虽早已事业有成并结婚生子，但他一心向善，对佛学的探求也做出不小的贡献，其中最让人称道的就是传至今日的《楞严经》。此经的全名为《大佛顶如来密因修正了义诸菩萨万行首楞严经》，又称《中印度那烂陀大道场经》，简称《大佛顶首楞严经》或《楞严经》。此经原出于印度，为佛教经典之一，被称为佛教中的"修行大全"。最早于唐时由天竺名僧般刺密谛来我国广东时，与当时正被贬在那里的房融共同翻译的。房融是唐开国大臣房玄龄之

当年东北园的鲁心斋及两位夫人和众儿女
（右二为大女儿鲁月珠，右一为长子鲁彬儒）

子，精于梵文、通晓佛经。武后当政时，曾任正谏大夫等职。神龙初年因被贬于高州（今广东）与般剌密谛相识。当时房融看了《大佛顶首楞严经》后激动地说："自从一读楞严后，不看人间糟粕书。"由此可见，《楞严经》的珍贵与品位之高。

历史上《楞严经》有73家疏之说，然而其中最有名的只有3家：

其一是浙江慈云寺显密教观沙门灌顶续法大师的集注；

其二是崎山兴福寺东明莲昉沙门心莲证文大师的校编；

其三是京兆宛平潭柘寺优婆塞半悟老人鲁心斋的校印。

其中半悟老人鲁心斋校印的《大佛顶首楞严经》，最早于民国六年（1917）印出，之后又分别于民国九年（1920）和民国十一年（1922）印出。而且经书全由其本人提供，并组织人力、物力刊刻而成。2013年，经鲁家后人鲁菁及其外甥女马芹调查了解，此经现存北海文津街国家图书馆分馆。至于当年在家中专门为印经制作的经版，到新中国成立后才交到广济寺（现中国佛教协会）保存。

鲁心斋一生向善，结下了不少善缘。1925年鲁心斋逝世后，当时华北地区41个寺院的住持，全都来到鲁家为其进行超度，并参与殡葬仪式，当时人员之多，规模之大，轰动一时。

后继有人

然而斗转星移，从那时算起，近百年的时间就要过去了，如今东北园的鲁家到底如何？1998年11月21日晨，我带着这样一个疑问，冒着满天飞舞的大雪，从南三环洋桥的家，一步一步踏上了去东北园的鲁家之路。当时接待我的是东北园北巷8号院的鲁鸿儒，他是鲁心斋最小的儿子，然而当时已是一位年近九旬的老人了。没想到这位老人对我这么个突如其来的不速之客不但没产生任何怀疑和漠视，反而把我让进屋中交谈，由此才使我进一步了解了鲁家后来的一些情况。

原来，鲁心斋自清末来京创业发家后，先后娶了三房太太，共

鲁鸿儒先生与作者于东北园合影　　1998年11月21日

东北园鲁家后人（部分）

生有 5 个儿子 3 个女儿。当时鲁家已十分富有，故其子女们几乎都上过大学，受过高等教育。

长子鲁彬儒，字雅轩，1898 年生。鲁彬儒自幼极聪明，中学毕业后经人介绍，曾一度参加黄埔军校，后回京继承父亲产业。其琴、棋、书、画无所不通，犹喜京剧，并喜做善事、乐于助人。1938 年至 1951 年，长期担任崇文区普励小学校长职务，并资助学校办学。后因病于 1956 年逝世。

次子早夭。

三子鲁彦儒，字仲轩，1911 年生。中国大学毕业后继承家业，擅长台球，并经常在三座门台球厅与人切磋技艺。一度被当地推举为代表，参加政协会议。他对京剧也非常热爱，了解京剧的曲谱，是当时一位小有名气的票友，可惜因肺癌于 1967 年逝世。

四子鲁孟儒，字叔轩，1911 年生。中国大学法学系毕业。此人性格和善、对人宽厚，喜好拳术和京剧，是果子巷"五昌铁工厂"创始人之一，1966 年因不堪忍受红卫兵的残酷凌辱，自沉于陶然亭湖中。

五子鲁鸿儒，字季轩，1912年生，中国大学商业会计系毕业。其人忠厚老实，性格沉稳，是一个典型的老北京人。一生没离开会计工作，新中国成立后一直在北京冷冻机厂工作，直至退休。

据鲁家人讲，鲁家最早主人鲁心斋逝世时，其长子鲁彬儒时年27岁，其余子女还都年岁尚小，一切重担都压在了他的身上。然而鲁彬儒不但继承了鲁家宽厚待人的家风，而且为人高风亮节、大公无私，尤其在对待自己同胞兄弟上，更是爱护备至。他当时虽然已成了一家之主，但把所有家产都平均登记在4个兄弟名下。并且从那时起，他们继续保持着原有大家庭这种结构，共同融洽地生活了20多年，直到1946年，家中人口众多，他们才从此分居另过，其间兄弟们既没产生家业上的重大分歧，也没产生财产上的你争我夺。这一点，今天看来实属不易。

鲁家的房产，听起来有点吓人。据鲁家人说，最多时有3000多间房（主要是后来鲁家开木厂、工厂、当铺、买卖房屋所获）。

如今多年过去了，琉璃厂东北园北巷的鲁家老宅仍在，虽然这些老宅经过了100多年的风吹雨打，但整个墙体完整无缺，其门外的门墩、门联、门环等也基本完好。9号门上雕刻的那副门联，也清晰可见。不过时移世易，如今这些房子几乎都换了主人。鲁家的后人有的买了房子，住到楼里过起了现代生活；有的出国留学，踏遍欧美。然而"水流千里归大海"，最后还是回到了自己的家乡——北京。虽然他们已不像自己祖上当年那样，在琉璃厂东北园北巷过着那种聚集的大户人家的大宅门式生活，然而，他们的心还是紧紧地连在一起的。

宏文世无匹,大器善为师——著名学者吴晓铃

以上是宣武区广安门内街道办事处校场口头条47号门的一副门联。校场口头条是宣武门外大街西侧达智桥胡同内路南的第一条胡同。它的北口与达智桥胡同相通,南口通校场口胡同,南北走向。47号门就坐落在这条胡同中间稍南的西侧。从外表看,整个院落东、西、南三面为平房,北面坐北朝南是一座旧式砖木结构的二层灰色小楼。这种三面平房一面楼的建筑格式,在老北京来说还是不多见的,再加上上圆下方的窗棂、排列整齐的瓦顶、带雨漏的墙壁,以及门墩、门联、门簪等,整个建筑都给人一种优雅别致的感觉。然而更吸引人的,还是院中生长得花繁叶茂的那两株高大的绒花树(即合欢树,老北京称之为绒花树),以及大门上用金文雕刻的那副门联:"宏文世无匹,大器善为师。"

说到这两棵绒花树,还有一段故事。那是1958年春,主人从外边买回两株小树苗,原以为是香椿,可是浇水施肥之后越长越高,才知道是绒花树。绒花树又叫芙蓉树、合欢树,还叫楷树。它的叶子很有趣:明开夜合。再加上又叫合欢树,人们认为它是男女间纯真爱情与美好婚姻的象征。由此,主人把自己二层楼上的书

房起名"双榆书屋"。我后来得知,二楼书房"双榆书屋"这四个字出自著名画家李苦禅①之手,"双榆",是指当年吴晓铃先生与妻子共同培栽的那两棵合欢树,象征着他们的纯洁爱情和美满婚姻。

讲了这两棵绒花树的故事,大门上用金文雕刻的那副门联,却把我难住了。一来本人学识浅薄,二来也没学过金文,最后能请教的人也都请教过了,可仍未得到解释。有一天愁得我没办法,

宣外校场口头条47号吴晓铃故居②

---

①李苦禅(1899—1983),原名李英杰、李英,字超三、励公,山东高唐人。拜师齐白石门下,中国近代写意花鸟画宗师、美术教育家,曾任杭州艺专教授、中央美术学院教授等职,代表作品有《盛荷》《群鹰图》《松鹰图》等。

②该照片无法确认准确的拍摄时间,因此未进行标注。本书中没有标注时间的门联照片基本为此种情况。——编者注

宣外校场口头条47号吴晓铃故居　　1999年4月2日

只得硬着头皮轻轻敲了几下主人的大门。待了一些时候，我高兴地听到里面有人走动的声音，我心想，这回有希望了。不一会儿大门真的打开了，站在我面前的是一位面貌清瘦的老人和陪伴她的一位年轻女子。于是，我赶紧向老人说明情况并向老人请教那副门联的含义。老人回答说，那是"宏文世无匹，大器善为师"。听到这儿，我多日的心愁，让老人一下全给解了。不过，这时我早已知道了这个宅院的主人就是当代著名学者吴晓铃先生。而刚才给我解了心结的那位老人，就是吴晓铃先生的夫人——文学家与翻译家石真[①]女士。但是令人遗憾的是，吴晓铃先生已过世了。

[①] 石真，原名石素真，新中国第一位孟加拉语文学女翻译家，东方学家，曾在泰戈尔创建的印度国际大学的泰戈尔研究所中学习孟加拉语，从事中世纪到当代孟加拉文学的研究，特别着眼于泰戈尔及其作品的翻译研究，是位精通孟加拉语和泰戈尔文学的专家。曾与冰心、郑振铎合译《泰戈尔诗选》。

吴晓铃先生与石真女士及大女儿吴薇合影

谈笑有鸿儒，往来无白丁

  吴晓铃（1914—1995），辽宁绥中人。幼时即随父亲到北京，先后就读于燕京大学医学系和北京大学中文系，并在北京大学毕业后留校任教。后又被印度国际大学和巴黎大学聘任，并兼职国内多所院校的教学任务。曾获印度国际大学荣誉文学博士和法国巴黎大学荣誉哲学博士称号。吴晓铃先生通晓多种语言，尤其对梵文很有研究，是中国少有的梵文作家之一。他访问过很多国家，除印度、法国外，对美国、日本、加拿大、新加坡等都进行过访问和学术交流。由于他在中国古典文学语言、艺术等方面都有广泛深入的研究，故吴晓铃先生在这方面也结识了不少朋友，如给他题写"双楿书屋"的著名画家李苦禅、京剧四大名旦之首的梅兰芳、京剧四大须生之一的马连良、著名相声大师侯宝林以及印度大诗人泰戈尔等。多年以来，吴晓铃先生东奔西走，担负着繁重的教学任务和学术交流任务。然而就是在这种情况下，他先用梵文翻译了印度的《小泥车》《龙喜记》等著作；后又用中文编校、著述了很多著作，如《关汉卿戏曲集》《大戏剧家关汉卿杰作集》《西厢记》（校注本）、《马连良演出剧本选》《郝寿臣脸谱集》《西谛题跋》《居京琐记》等。由此可以看出，吴晓铃先生不但通过教学培养了大量人才，而且也在文学、历史、语言等各方面都做出了杰出的贡献，可以说是现代文坛上的一位大家。难怪在其大门上，有着这样一副内容不同寻常的门联。"宏文世无匹，大器善为师"，意思是，文章博大恢宏世间无比，能做大事成大器者易为人之师表。可是又一想不对呀，再大的大家或是大师，也不能自己夸自己"世无匹"呀！后来又经了解，原来这副门联是出自吴先生的友人——书法家、考古学家、曾任商务印书馆馆长的孙壮[①]之手，意思是赞叹吴晓铃先生的学识和为人。除此之外，另一不为人知的是，还有一个人曾为吴晓铃先生写过一首诗。诗中通过写吴晓铃本人，把宣南文化、会馆的变迁、小巷的藏龙卧虎等，写得极为精到。其文如下：

[①]孙壮（1879—1938），字伯恒，斋名读雪斋、澄秋馆，北京大兴人。出身收藏世家，曾任商务印书馆经理。著名书法家、收藏家。

> 宣南不是等闲地，万千华章自兹发。
> 会馆已失举子意，小巷犹有世文家。
> 芙蓉挺立庭园绿，大器深居避市哗。
> 难得相邻五十载，愿君独步观晚霞。
>
> ——徐朴斋

　　徐朴斋，北京人，名泽民，号朴斋，清末民初著名戏曲评论家徐凌霄之子。徐朴斋自幼聪敏，性和善，喜交友，有才气。他继承父业，既干过戏曲编写与评论，也干过报业。与吴晓铃同为戏曲研究者，又同住在一条胡同内，故常相往来，十分投契。一次，他有感于对吴晓铃先生学识的钦佩，于是便写下以上那首诗赠之。然而时光荏苒、光阴飞逝，一晃半个多世纪已然过去了。如今徐朴斋先生早已搬离了校场口头条，不知今居何处，还是否健在。写此文时，吴晓铃夫妇已先后辞世，如今只剩下他们居住过的那座温馨小院，但已物是人非了。

　　这座院子坐西朝东，大门在东南角，过去是出入小院的必经之地，如今院门变成了一间黑乎乎的屋门，此处已然不通。在这黑乎乎屋门的北侧，原本是小院东房的后墙，如今被开了一个门，门上方挂有一块大牌子，上写"洗浴"两个大字，显然这是个澡堂子。从"洗浴"往北，紧挨着的就是当年吴晓铃先生二层楼的书房——"双楢书屋"的东墙。如今在东墙下，设有一座简易铁质楼梯，从这里可以直接登上楼梯，通过新开辟的一个"洞门"，到达原"双楢书屋"的二层楼上。

如今这楼上不但看不到一本书,就连一张报纸也看不到了。整个屋子被隔成多个隔断,住满了人,里边除了简单的桌椅被褥,就是锅碗瓢盆,凌乱不堪。至于当年吴晓铃夫妇亲手在院中栽下的那两棵长得比楼还高的合欢树,如今也没了踪影,令人唏嘘不已。

宣武区平坦胡同 5 号奚啸伯故居　2014 年 4 月 2 日

献王世泽，中垒名言——四大须生之一奚啸伯

以上是宣武区陶然亭街道办事处平坦胡同 5 号门的一副门联。平坦胡同原名扁担胡同，东口通前兵马街，西口通米市胡同，是一条东西走向的胡同。其 5 号门就坐落在这条胡同东口内路北，它又是我国京剧四大须生之一——奚啸伯先生的故居。

著名须生奚啸伯

奚啸伯，北京人，满族，祖父、父亲均在朝为官。由于受到家庭环境的影响，奚啸伯自幼喜爱书法、绘画，尤喜京剧。后来上学之后，对文学和历史也非常感兴趣。这为他日后成为一名著名的京剧演员打下了良好的基础。12 岁那年，因在聚会上唱了一段《斩黄袍》被言菊朋看中，从此便拜言为师，跟言学戏，并且逐步走上剧坛。后又在梅兰芳、尚小云等前辈的提携襄助下演艺日精，并最终成为与马连良、谭富英、杨宝森齐名的"四大须生"之一。

奚先生早年住北城交道口二条,离南城戏院和同行们住处都远,不便于京剧艺术的交流与提高,故后来把家搬到了南城,先住在菜市口,后又搬到了平坦胡同5号,直到新中国成立。

新中国成立后,奚先生任北京市京剧四团团长,此时他正好是40岁,艺术正处在顶峰时期,也正准备好好大干一场,然而命运却跟他开了一个大大的玩笑。先是与他患难与共的爱妻张淑华因病离他而去,给他留下3个孩子。后来他的母亲也因病离开了人间。紧跟着1957年,他又被打成了右派。这一连串的不幸和精神打击,使在梨园界素有"儒伶"之称的奚先生,好像一下从天上摔到了地下。但是为了孩子,他只有苦苦地挣扎着。此前,曾有人想给他找个老伴,一来帮助料理家务,二来也可解些个人孤独之苦。然而都被他谢绝了,他说:"孩子自幼丧母,若与继母不和,既委屈了孩子,也委屈了大人,更对不起他们九泉之下的母亲。与其对不起人家,不如对不起自己。"这话听来是多么的令人心酸,又多么的令人感动。就在这种"与其对不起人家,不如对不起自己"的苦涩中,奚先生把苦水全往自己肚子里咽。职被罢了,薪被降了,除被批斗外,每天还要扫地、烧水、掏灰、捡煤渣等。至于戏,即使他想唱也不让他唱了。

正当奚先生在人生的道路上苦苦挣扎的时候,不知是"爱才心切"还是怎的,石家庄京剧团的一些领导,冒着危险找上门来,希望他离开北京,参加他们的剧团。这无异于救人于水火,机会难得。奚先生考虑再三,终于下定决心,带着3个幼儿离开了他挚爱的这片生他养他的热土,去了石家庄。在石家庄,奚先生真是过了一段较"宽松"的日子,然而好景不长,不久席卷全国的"文化大革命"又开始了。奚先生自然又是在劫难逃,原来是右派,如今又加上了一个"反革命"的帽子,其遭受的折磨可想而知。

当时奚先生已是60多岁的老人了，经过多年来遭受的苦难，身体已日渐衰弱，然而，突然发生的一件事，把奚先生彻底给击垮了。一天，他的"跟包"、几十年来患难与共的陈宝山，看到奚先生自己的房子被造反派占用，而他自己却被轰到一间破旧透风的小屋里，冻得瑟瑟发抖，心中实在不忍，于是就暗下用包袱皮做了一条被子，偷偷给奚先生送去。没想到这件事让造反派知道了，勒令他第二天向革命群众做出交代。一向胆小怕事的陈宝山，万万没想到会捅出这么大的娄子。他左思右想，越想越怕，越怕越想，前车之鉴，历历在目，他感到自己已无路可走了，于是在当晚的深夜上吊自杀了。当奚先生听到这个消息后，如五雷轰顶，本不堪一击的他，再也挺不住了，之后他突然中风，半身不遂，从此一蹶不振。此时，又有人说："奚先生要是有个老伴就好了。"奚先生慢吞吞地回答："我都成了这个样子，又是右派，又是'反革命'，半死不活的身子，不是坑人家吗？"就这样28年，奚先生孑然一身，到死还为别人着想的他，终于在1977年底走完了他坎坷的人生之路，离开了这个世界……

我走访时，北京平坦胡同5号门奚啸伯的故居仍在，不过早已物是人非。只有门上那副门联"献王世泽，中垒名言"还显示出它的雄浑与刚健。不久以后，这里恐怕连整条胡同也要了无踪迹，因为墙上已写满了带圈的大大的"拆"字。到那时，不知是否有人知道这里曾住过"四大须生"之一的奚啸伯？是否知道他大门上那副有着深刻历史意义的门联呢？说来也怪，这副门联上联涉及的主人公的悲惨命运，也几乎和奚啸伯差不多。真不知这是巧合呢，还是历史开的玩笑。

平坦胡同5号奚啸伯故居　　2014年4月2日

河间献王刘德

上联:"献王世泽。""献王",这里指的是西汉时的河间王刘德。他是汉景帝刘启的第二子,与汉武帝刘彻是同父异母兄弟。刘德生于公元前171年,母栗姬,因与汉武帝母王夫人争位,景帝嫌她心胸狭窄,其兄刘荣被废太子位,栗姬忧郁而死。这也为后来刘德本人的命运埋下了不幸的祸根。

刘德自幼聪慧、沉稳、好读书。汉景帝即位后第二年(前155),刘德被封为河间王。他"修学好古,实事求是"。此前秦时因遭秦火之祸，六艺经典早已残缺不全，散失殆尽。加之后来景帝时吴楚七王之乱，内宫争位，使刘德感叹儒道衰微，道德沦丧。于是，他在自己的封地内，高举儒学大旗，一方面推行仁政：温仁恭俭，笃敬爱民，明知深察，惠于鳏寡；另一方面以重金向民间求购天下遗书，兴修礼乐，以期通过这一举动来振兴儒学，达到国泰民安的目的。为此他几乎走遍了齐、鲁、燕、赵等地，广泛搜求、重金求购，每得一本好书，便命人抄一份送还主人，并给予丰厚回报，再将真品留下。如果藏书人不愿献出此书，刘德也尊重人家意愿，命人将书抄写一份，同样也给予一定回报。由于刘德的这一善举大得人心，引起轰动。开始时是四邻八乡，后来是各地学者、儒者、俊杰纷纷前来献书，有的竟投奔刘德来参与古旧书籍的整理。他们夜以继日地为此而忙碌着，几年间，几乎把先秦古籍旧书全部网罗，所积之书与朝廷相当。为了让远方来的儒者们有一个很好的居住和工作环境，刘德还在自己的封地内建了一座宏大的日华宫，以及20多处馆舍，使这里几乎成了远近闻名的全国儒学中心。当时汉景帝有14个儿子，其中除4个儿子因行为不法遭诛外，一子称帝，九子称王。在这称王的九子当中，除河间王刘德崇儒好学外，其余8个儿子几乎都是贪图享乐的浪荡公子和不学无术的流俗之辈。难怪当时人们赞美河间王刘德"夫惟大雅，卓尔不群"。后来唐代著名诗人张继，在他的《河间献王墓》中写道：

> 汉家宗室独称贤，遗事闲中见旧编。
> 偶过河间寻往迹，却怜荒冢带寒烟。
> 频求千古书连帙，独对三雍策几篇。
> 雅乐未兴人已逝，雄歌依旧大风传。

清时，著名诗人李予望更是在《河间道中有怀献王》一诗中，直抒胸怀：

> 嬴氏乱天纪，酷虐难具陈。
> 苦欲愚黔首，《诗》《书》遭坑焚。
> 群籍付烈焰，六艺已灰尘。
> 孤危念吾道，一发引千钧。
> ……
> 卓哉河间王，所好匪世珍。
> 日华启高馆，文采照河滨。
> 雅乐献天子，儒术被厥身。
> 茫茫寻坠绪，独悲古籍湮。
> 千金购善本，传写留其真。
> 因之得书多，在汉无等伦。

从以上两个历史人物的诗句中，使我们看到河间王刘德在人们心目中的威望和地位。然而就是这样一位一心为国家做好事的献王，在皇帝的眼里，却成了容不下的沙子，是皇权的最大威胁者。

汉武帝元光五年（前130），河间王赴京朝拜，向武帝献书、献雅乐。武帝大悦，随后向河间王问五策及三雍宫等30余事，献王均"辄对无穷"。然而武帝忽然发难道："汤以七十里，文王百里，王其勉之。"意思是说："汤王和周文王都是由方圆70里和百里的一个小国而夺取天下的，你和他们没什么区别，看着办吧！"武帝此言等于说献王有野心，想谋取帝位。这对朝廷是个严重威胁，有灭族的危险。献王听了武帝的这一番话，犹如五雷轰顶，想到当年自己的母亲与武帝的母亲为争宠而死；想到自己的哥哥刘荣太子被废，而由现在的武帝取而代之；想到自己修学好古、被服儒术、声名远扬而"功高盖主"；再想到今日在劫难逃的处境……从此他心灰意冷，终日以酒浇愁、以狂饮狂唱狂听音乐来抒发自己的心情……就在这种醉生梦死的忧愤中，不久，献王便离开了人间，时年仅41岁。从此他的封地内，曾繁华一时的日华宫，也随着他的离去而渐渐地销声匿迹了。然而在漫漫历史的长河中，虽2000多年过去了，人们并没完全把这位在历史上做出过功绩、卓尔不群的贤者忘掉。如今，反映在平坦胡同5号门的那副门联的上联"献王世泽"，就是证明。也就是说，由于献王的努力，才使得在历史上一些遭坑焚的书籍和珍贵的历史资料得以抢救和保存下来。然而，献王自己最后却为此献出宝贵的年轻生命。对于这样的一个人，人们怎么会忘掉他呢？

刘向与《说苑》

这副门联的下联"中垒名言"说的又是谁呢？他就是西汉经学家、目录学家、文学家刘向。刘向，本名更生，字子政，江苏沛县人，是汉皇族刘邦弟楚元王刘交四世孙。刘向少时喜文，12岁即任辇郎，不到20岁任谏大夫。他敢于直言，曾多次上书劾奏外戚专权。成帝即位后，他改名向，升任光禄大夫。河平三年（前26）成帝诏刘向领校宫中藏书。这是一项十分艰巨、繁杂的重任，几乎用了他毕生的心血。后又任中垒校尉，掌管北军营垒之事，故人称其为"刘中垒"，但不久即逝，年约71岁。

刘向任职领校宫中藏书期间，先后将一些叙录辑集在一起撰成《别录》，共20卷。这是我国最早的目录学专著，另作《九叹》

等辞赋33篇，但大多已亡佚。流传下来的尚有《列女传》《新序》《说苑》《战国策》等。其中《说苑》一书，是他根据皇家和民间藏书编辑而成的，其中包括先秦至西汉时期的一些历史、传说和作者自己所发的议论。原书20卷，仅存5卷，余散失，后经北宋著名散文家曾巩搜集，复为20卷。其内容依次为：君道、臣术、建本、立节、贵德、复恩、政理、尊贤、正谏、敬慎、善说、奉使、权谋、至公、指武、谈丛、杂言、辨物、修文、反质。总之，都是阐述一些政治思想、伦理观念以及治国之道的，吉光片羽，尤为可贵。

如《说苑·君道》篇："人君之道，清净无为。务在博爱，趋在任贤。广开耳目，以察万方。不固溺于流俗，不拘系于左右。廓然远见，踔然独立。屡省考绩，以临臣下，此人君之操也。"意思就是说：作为一个君主，应该清净无为。就是老子所说的"无为而无不为，不妄为"。既不要整天昏天黑地混日子，也不要鸡毛蒜皮什么事都管。君主首先要有一颗博爱的心，爱民、爱百姓。君主最重要的是在用人上要明智，要选用贤人，决不能用善于阿谀奉承的小人。要广开言路，才能了解真实情况。不随波逐流，不为身边的人所左右，站得高，看得远，立得正。随时能和臣子交流情况，这才是君主应该做的。

再如《说苑·尊贤》篇："人君之欲平治天下而垂荣名者，必尊贤而下士……夫朝无贤人，犹鸿鹄之无羽翼也，虽有千里之望，犹不能致其意之所欲至矣。是故游江海者托于船，致远道者托于乘，欲霸王者托于贤……是故吕尚聘而天下知商将亡，而周之王也；管夷吾，百里奚任，而天下知齐秦之必霸也……纣用恶来，宋用唐鞅，齐用苏秦，秦用赵高，而天下知其亡也。"意思是说：君王若想要治国平天下，名垂青史，那就要礼贤下士。朝里没有贤人，就如同鸿鹄没有羽毛，没有翅膀，虽然有高飞的志向，也无法达到目的。所以要想过大江大海，就要乘船，走远路就要乘车，而欲称霸就要依靠贤人。因此，吕尚被聘用，天下人就知道商将要灭亡，周将要称王了；管仲任齐相，百里奚任秦大夫，天下人就知道齐、秦先后必称霸；纣王用恶来，宋国用唐鞅，齐国用苏秦，秦国用赵高，而天下人就知道，它们早晚必亡。

  以上所举两个例子，只不过是当年刘向编写的《说苑》20卷巨篇中的九牛之一毛，正如前面所说"吉光片羽，尤为可贵"。然而更可贵的，还是刘向几乎用尽了毕生心血为我们留下来的这些宝贵的文化古籍和历史遗产，虽不能说字字珠玑，但篇篇都含有至理名言而被人们所传诵。否则，又怎会流传到2000多年后的今天，而且还成了北京胡同里一户人家的门联呢！

宣武区宣外前孙公园胡同 62 号原袁世海故居　　2002 年 12 月 12 日

一觞雏独进，众鸟相与飞——"活曹操"袁世海

以上是宣武区椿树街道办事处前孙公园胡同 62 号门的一副门联。前孙公园胡同东口通和平门外的南新华街，西口通魏染胡同，是一条东西向笔直的胡同。62 号门就坐落在这条胡同中间路南，它原是著名京剧演员袁世海先生于民国年间从其伯父手中购买的，同时也是他的出生地。

"忠孝"活曹操

袁世海先生自幼家贫，一岁多父亲就死了，兄弟姐妹一家六口的生活重担，全落在了母亲一个人身上。对于一个旧时妇女来说，那是不可想象的。在袁世海幼小的心灵里，早就埋下了不甘人后的种子，发誓要让母亲将来过上好日子，以报答母亲的养育之恩。

袁世海，1916 年生于前孙公园 62 号院内，当时房子产权还属于他的伯父。小时因受环境影响，酷爱京剧。后来正式入了富连成科班，初学老生，后改学花脸，并先后拜郝寿臣、侯喜瑞为师。由于他天资较好加之学习刻苦，很快受到科班器重并有了点名气，没等他在科班毕业，就被"四大名旦"之一的尚小云要定了。毕业后，他便和尚小

云，后来又和马连良、李少春、高庆奎、杨宝森等众多名家合作演出，走遍了大江南北。袁世海本身条件很好，加之他演戏认真、一丝不苟，因而他的演出都很受观众喜爱，尤其是他扮演的曹操，刻画得惟妙惟肖、入木三分，故很早以来，就有"活曹操"之称。

新中国成立后，袁世海在现代戏《红灯记》中曾扮演鸠山一角，亦轰动一时。袁世海出生在贫苦年代，深知生活的艰辛与困苦，他非常明白，一个人如果不走正路不要强，那是绝没出路的。因此在他身上始终保持着艰苦朴素、谦虚谨慎的生活作风和工作作风，并且不忘本、知图报。当他成名了，手里有了钱之后，第一个想到的就是把伯父手中想卖的房子买过来，并且彻底翻修，让母亲不再过"外边下大雨，屋里下小雨，外边不下雨，屋里还下雨"的困苦不安的日子。新中国成立后，他又买了西草厂39号一所大宅，经过装修，把母亲接来共同居住，使母亲终于过上了安乐幸福的生活，也彻底实现了他当年要报答母亲养育之恩的誓言。

我于20世纪末走访北京胡同时，当时袁世海先生一家早已搬到西草厂居住。然而前孙公园的那处老宅，仍保持着原貌，其中除了那些精美的门墩和门雕外，最使我感兴趣的，还是门上雕刻的那副老门联："一觞雏①独进，众鸟相与飞。"

上联："一觞雏独进。"陶渊明《饮酒二十首》中的第七首写道："一觞虽独尽，杯尽壶自倾。日入群动息，归鸟趋林鸣。"意思是，一杯酒一饮而尽，杯中酒尽了，酒壶自然也倒在了桌上。到了太阳快落山之时，万物都停下来歇息，就连鸟儿也一边鸣叫一边飞回树林。

下联："众鸟相与飞。"出自陶渊明《咏贫氏诗七首之一》：

---

①雏：疑应为"虽（雖）"。陶渊明《饮酒二十首》中写道"一觞虽独尽，杯尽壶自倾"。——编者注

万族各有托，孤云独无依。暧暧空中灭，何时见余晖。

朝霞开宿雾，众鸟相与飞。迟迟出林翮，未夕复来归。

量力守固辙，岂不寒与饥？知音苟不存，已矣何所悲。

以上这首诗，是陶渊明在他晚年贫困中写成的。诗的大意是说，世上万物都有依托，唯独天上的云无依无靠，昏暗中一切都消失了，何时才能再见到太阳的光辉？晨霞把夜雾都驱散开了，众鸟也随之飞了起来。可也有迟迟才出来的，到夕阳西下时也随着回到林中，坚守着自己的旧道，这样怎不挨饿受冻？知音的人都已不在了，悲伤又有何用？算了吧！诗的前四句，是诗人借云言孤，中四句是借鸟言暮，后四句是借贫言志。但不管自己命运是多么坎坷，生活是多么困苦，陶渊明还是"不为五斗米折腰"。

上下两联连起来读，似乎有种转折意味，大致意思是虽然我一人独自进出这座庭院，但与我志同道合的人很多，因此使这副门联就有了一种壮志满怀的奋发之情，这也许就是门联主人袁世海先生想要表达的意思。

最 美 乡 愁

乡愁风骨

门联背后的家风祖训

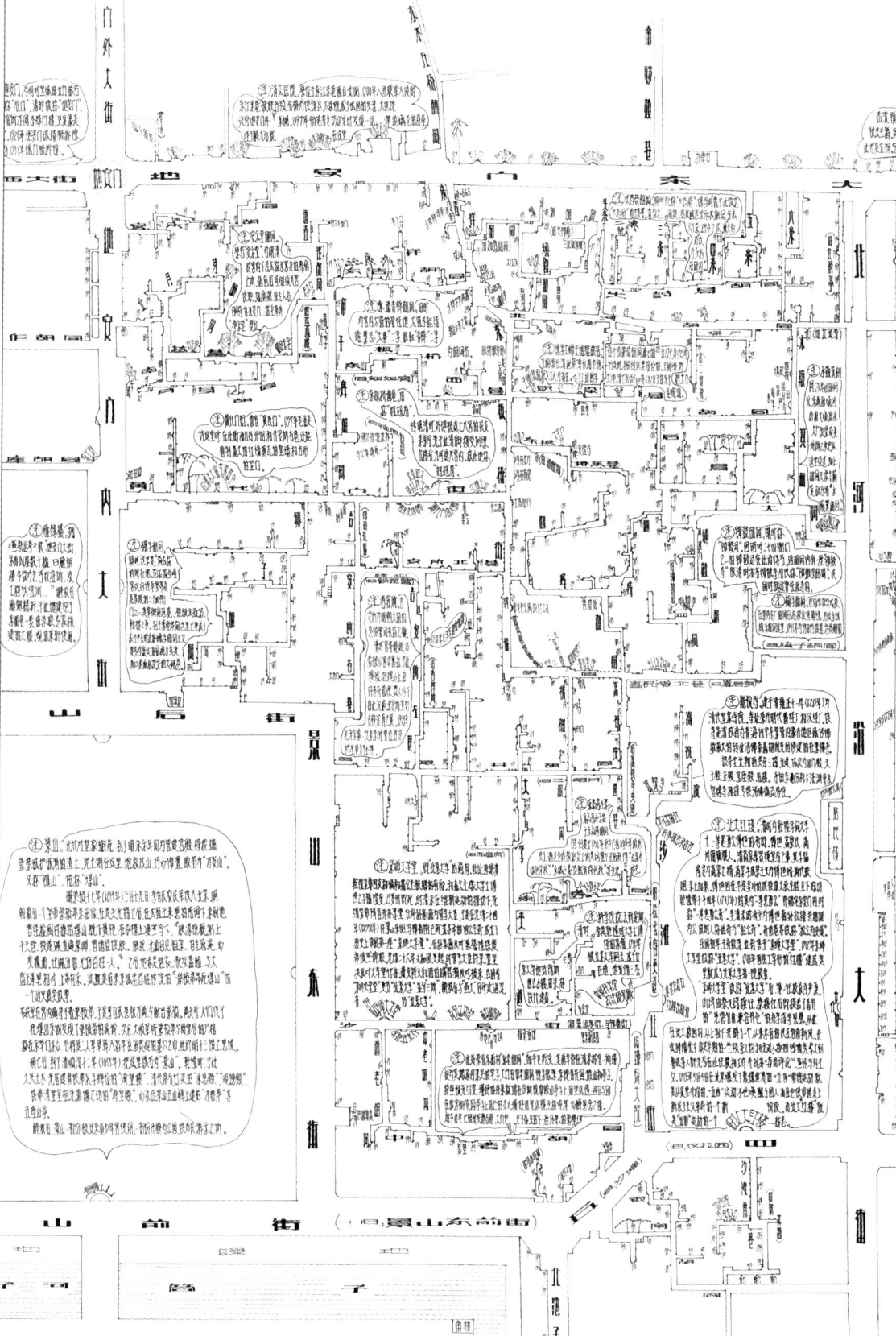

宣外后兵马街14号　2002年6月1日

忠厚传家久，诗书继世长

在北京胡同的老门联中，以"忠厚传家久，诗书继世长"这样内容的门联为最多。它典型又集中地体现了老北京人对传统文化、传统道德的推崇，对本分做人和对修身、立德、求知的渴望与重视。从这一副老门联中可以想象到，这是一户忠厚老实而又知书达理的人家，就像老舍先生笔下《四世同堂》里祁老爷子一家那样忠厚本分的人家一样。我20世纪走访北京胡同时，抄录下来的有这样门联的人家有：

东城区：
西扬威胡同（旧羊尾巴胡同）14号门
北新桥头条（旧箍筲胡同）7号门
北新桥头条（旧箍筲胡同）45号门
北新桥三条（旧王大人胡同）46号门
永恒胡同（旧姑姑寺胡同）5号门

墨河胡同（旧前墨河胡同）8号门

北标阁四条（旧大土地庙）35号门

西城区：

东小栓胡同（旧东小栓马桩）9号门

东智义伯胡同（旧猪尾巴大坑）9号门

太平桥东街（旧太平桥）1号门

北长街（旧北池子）15号门

崇文区：

高营胡同（旧高家营）20号门

高营南横巷（旧高家营）3号门

长巷头条68号门

草厂四条15号门

草厂十条27号门

山涧口街（旧山涧口）13号门

花市中二条（旧中二条胡同）44号门

缜子胡同（旧缨子胡同）33号门

宣武区：

中兵马街（旧兵马司中街）1号门

迎新街（旧阎王庙街）79号门

阡儿胡同（旧阡儿路）7号门

粉房琉璃街（旧粉房刘家街）97号门

后兵马街（旧兵马司后街）14号门

小喇叭胡同（旧小腊八胡同）5号门

此外，西城区西新帘子胡同 10 号门的"忠厚传家久远，诗书继世长存"与崇文区枣子胡同 1 号门的"忠厚执家远，诗书处世长"两副门联虽与"忠厚传家久，诗书继世长"门联的写法有所不同，但内容大体一样。而东城区干面胡同 48 号门的"忠厚传家久，信实处世长"门联，以"信实处世长"代替了"诗书继世长"，说明这家主人对守信与诚实更为重视与欣赏。因守信乃做人之本，诚恳是一种美好品格。人无信不立，不实则虚，欺则自毁，这是一个普遍的道理。做类似修改的门联还有：

西城区宫门口横胡同 2 号门的"忠厚承天德，诗书启后昆"。其中上联中的"承天德"，即指承载着最高尚的一种道德。下联中的"启后昆"，指的是以诗书来教导和启发自己的子孙后代，增加他们的学识和修养。

宣武区前孙公园胡同 18 号门的"忠厚为甲胄，诗书教子孙"。其中上联中的"甲胄"，即指古代作战用的盔甲或帝王官宦人家的后裔。

宣武区裘家街 5 号门的"为善济世，忠厚传家"。此门联说明这里住的是一户积德向善的人家，要求子孙世世代代忠厚本分。

总之，从以上这些老门联中，好像使我们不但嗅到了北京胡同里一种浓浓的诗书香气，也感受到了老北京人忠厚、诚实、守信、善良的天性。这也是老北京胡同里老门联中最常见的内容之一。

努力崇明德，随时爱光阴

以上是东城区交道口街道办事处豆角胡同 11 号门的一副门联。豆角胡同位于地安门外大街东侧，北口通方砖厂胡同，由北口往南，经过一段曲折的地段，南口与帽儿胡同相通，基本上是一条南北走向的胡同。而 11 号门就坐落在这条胡同中间的路北。据这家女主人讲，此宅为东北人桥梁专家李子更于 1949 年前在京购买。宅子大门和墙体都比较低矮，门上的饰物虽保留较完整，但都显得比较陈旧，尤其门上的那副门联，由于诸多原因损毁，几乎都看不清楚了。在女主人的帮助下，我才弄清了它的全意，心中不由得闪出了一句：多好的内容啊！

上联："努力崇明德。"取意源于《礼记·大学》："大学之道，在明明德，在亲民，在止于至善。"其中"在明明德"，前一个"明"为动词，是使彰明的意思，后一个"明"为形容词，是光明正大的意思。由此可知，"努力崇明德"就是让人们学习、效仿、拥戴、崇尚那光明正大的高尚美德。努力崇明德，就是做一个正派、守规矩、有道德的人。人，一生都应该如此。

此外，"努力崇明德"也出现在《与苏武》诗中。其诗如下：

东城区豆角胡同 11 号门　　1998 年 5 月 19 日

携手上河梁，游子暮何之？

徘徊蹊路侧，悢悢不能辞。

行人难久留，各言长相思。

安知非日月，弦望自有时。

努力崇明德，皓首以为期。

  诗的大意是叙述投降匈奴后的李陵与出使匈奴的西汉名臣苏武，在匈奴会面长谈后分别时的情形。这两个人，一个是西汉名将，因孤军入敌、孤军奋战又孤立无援，最后兵败被俘而投降了匈奴；一个是名臣，代表西汉出使匈奴，然而却被匈奴扣压并流放了 19 年。这一点，无论从他们的身份、地位和当时的处境来说，这样的一次会面，可谓千古罕有，令人感慨万端。而诗中通过河梁、暮色、蹊路、日月等，充分表达了他们分别时悲伤惆怅、不舍离别之情。

最后，他们只有以崇尚光明正大的美德直到白头来共勉，以作为这次两人相见后又分别的一个慰藉。

下联："随时爱光阴。"光阴，这是千百年来人们常常谈论和叹息的一个话题。所谓叹息，就是叹光阴流逝之快与人生之短。光阴是什么？它无声无息也无影无踪，看不见摸不着。然而它每时每刻分秒都不离地伴随着你。它对谁都是公平的，绝无亲疏远近之分。但它又很无情，一年365天，一天24小时，绝不多给谁一秒或少给谁一分。而且只要时间一过，永不再来。光阴是什么？光阴就是生命，就是时间。俗话说"一寸光阴一寸金"，但时间远远不能等同于金钱。世界上最宝贵的就是人的生命，如果生命没了，别说金钱，一切都无从谈起。人们说"寸金难买寸光阴"，是说金子都买不来光阴，时间比黄金还要珍贵。正因如此，所以人们对光阴的赞颂、讴歌和感叹，也从来未断。并且先人们还给我们留下了这方面很多好的格言警句。如下：

年年岁岁花相似，岁岁年年人不同。（唐·刘希夷《代悲白头翁》）
少壮不努力，老大徒伤悲。（汉乐府《长歌行·青青园中葵》）
莫等闲，白了少年头，空悲切。（宋·岳飞《满江红》）
一日之计在于晨，一年之计在于春。（《增广贤文》）
盛年不再来，一日难再晨。及时当勉励，岁月不待人。（东晋·陶渊明《杂诗》）
……

此外，还有著名惜阴诗歌3首，分别是《昨日歌》《今日歌》《明日歌》，现举明代文嘉的《明日歌》如下：

明日复明日,

明日何其多。

我生待明日,

万事成蹉跎。

世人若被明日累,

春去秋来老将至。

朝看水东流,

暮看日西坠,

百年明日能几何?

请君听我《明日歌》。

从"努力崇明德,随时爱光阴"这副门联引申出来的诗文、警语可以看出,古人对后人的希冀是多么的用心良苦。因此,把这样一副门联也当成我们生活中的座右铭,不是也很好吗?但愿我们每一个人,一生中都要追求、崇尚那光明正大的美德,随时珍爱我们自己的美好光阴——生命,不要因虚度年华而懊悔。

静静的胡同人家,守着静静的光阴
——豆角胡同11号　1998年5月19日

东城区东罗圈胡同 3 号　　2000 年 5 月 22 日

昌时自幸福，仁里迓春晖

以上是东城区东罗圈胡同3号门的一副门联。东罗圈胡同是一条弓字形的南北走向小胡同，它的北口通史家胡同，南口通干面胡同。其3号门就坐落在这条胡同北口内路西，它看上去厚重、敦实，是一座带雕花屋脊的如意门。门外那两个硕大的鼓形门墩，格外引人注目。

上联："昌时自幸福。"这里的"昌"，既是繁荣、兴旺、昌盛之意，又当公开讲。所谓"昌言无忌"，就是说直言无所忌讳。《荀子·礼论》载："江河以流，万物以昌。"意思是说，江河之水日夜不停地奔流，从而滋润着广袤的大地，才能使万物得以生长。《庄子·在宥》亦载："今夫百昌皆生于土而反于土。"意思是说，世界上所有的物质，皆从土地而生，又皆复归于土地。此处上联的"昌时"，应指的是国家，即国家繁荣昌盛，百姓自然幸福安康。此外，"昌"也可指一个家族、一个家庭，乃至个人兴旺繁盛等。总之，不管是一个国家还是一个家族，要想人们幸福安康，除了首先要有一个良好的和平环境，最主要的，就是要有一个发展生产、全心全意建设自己国家和家园的强烈愿望，并且为此而努力奋斗！

这样，国家建设好了，物质丰富了，生活提高了，人们再无衣食住行之忧，也会感到十分幸福。

下联："仁里迓春晖。""仁里"，即"里仁"。出自《论语·里仁》，孔子曰："里仁为美，择不处仁，焉得知？"意思是说，住在有仁爱的地方，那是令人感到十分高兴的事。如果你选择居住的地方，不是跟有仁爱的人在一起，那你又能得到什么好的影响呢？迓，即迎迓，就是迎接的意思。春晖，即春天的阳光，又可比喻母爱或是父母之恩，由此可想到唐代著名诗人孟郊的《游子吟》：

慈母手中线，游子身上衣。
临行密密缝，意恐迟迟归。
谁言寸草心，报得三春晖。

诗的意思就是：母亲手中的线，就是游子身上穿的衣。当我即将离开家的时候，她将我的衣服缝了一遍又一遍，唯恐儿子一去难得归来。谁说寸草般的一点心意，就能报答得了母亲多年给我的如山的母爱呢？而门联"仁里迓春晖"的整个意思就是：居住在民风淳朴、有仁爱的地方，就像天天在迎着和煦的阳光那样，使人感到幸福和温暖。仁，即仁爱，可以说它是儒家文化思想的核心。这点不但表现在北京胡同老门联上，也表现在北京胡同的名称上，如里仁街、育仁里、仁民路、居仁里、仁寿路、安仁里、仁恕里以及怀仁里等。由此可知，"仁"在老北京人心目中的地位是多么重要了。

曲江风度，吏部文章

以上是东城区北新桥街道办事处酱房西夹道17号门的一副门联。酱房西夹道位于北新桥头条内以北，它的北段与酱房东夹道相交，向北可直通北新桥二条，原均称酱房胡同，是一个曲里拐弯的小胡同，而17号门就坐落在这条西边小窄胡同的中间路西。

常言道：山不在高，有仙则名；水不在深，有龙则灵。这条小窄胡同虽然深藏在北新桥繁华大街的背后，有如深山老林里的小径，然而从17号这座小门的门联来看，却让人大有藏龙卧虎之感。

一代名相张九龄

请看上联："曲江风度。"曲江，即今日广东省的韶关。曲江风度，即指的是唐时曲江著名才子、唐玄宗时期的著名丞相张九龄。张九龄（678—740），字子寿，祖籍河北范阳（今北京西南），其曾祖父任曲江别驾时，全家遂迁移至此。

张九龄自幼聪颖好学、才思敏捷、有大志。唐武后长安二年（702）举进士，从此步入仕途。先后任左拾遗、内廷供奉、中书令等直至丞相一职。他是唐代唯一一个岭南出身的丞相，为人中正耿直，光明正大，一向以直言敢谏不怕得罪人而闻名。《资治通鉴》就有"张九龄崇尚直"之说，大有唐太宗时著名宰相魏征之气概，再加上他文学功底极深，对事物有知本察末、高瞻远瞩之卓见，可谓是唐盛时期少有的一位忠臣才子。然而正由于此，他遭到了一些利禄小人和奸佞的排挤与诬陷，其中为首的便是口蜜腹剑的李林甫。

早在姚崇当宰相时，张九龄就曾上书姚，用人必须慎重，不能让居心不良、阿谀逢迎之徒得逞。唐玄宗要重用李林甫，问张九龄如何。张九龄直言反对说，宰相一职关乎国家安危，陛下如果用李林甫为相，臣很为国家的社稷担心。但玄宗听了不以为然。另外，对早已怀有狼子野心的安禄山，张九龄更是看在眼里、记在心上，他曾上书玄宗《请诛安禄山疏》，说："（安）禄山不宜免死，况形相已逆，肝胆多邪，稍纵不诛，终生大乱。"但玄宗仍充耳不闻。一次，武惠妃向唐玄宗哭诉太子结党营私，想要谋害他们母子。然而玄宗听了武惠妃无中生有的哭诉，也不调查，一气之下就要把太子废掉。张九龄一听十分震惊，也感到事态严重，于是他语重心长地向玄宗说了一段话，大意如下：

陛下登基将近30年，太子诸王没离开过深宫，经常听从陛下您的教导，百姓们都为您治国长久、子孙昌盛而高兴。如今三位皇子都已成人，没听说他们犯过什么大错，陛下怎么突然一听谁说了点什么，就要把太子给废了呢？太子是国家的根本，不可轻易动摇。历史上，晋献公听信骊姬的逸言杀申生，晋国三世大乱；汉武帝听了江充的诬告降罪戾太子，造成京城流血惨剧；晋惠帝听了贾后无中生有的谎言废掉了太子，使五胡乱华，中原涂炭；隋文帝听信了独孤皇后的话，废掉了太子杨勇而立隋炀帝，最终丢掉了天下。可见废太子不可轻率，陛下如果一定要这样做，我不敢苟同。

本来这样一片赤胆忠心的话，任何人听了都会猛醒或是有所触动，可是玄宗听了不但不动心，反而很不高兴。当时李林甫一句话没说，可下朝之后，却阴阳怪气地对众人说："这是陛下的家事，何必问外人。"阴损毒辣暴露无遗。武惠妃怕自己的阴谋不能得逞，就派人授意张九龄：有废就有立，太子废立之事，如果您能给点帮助，可以长保您的相位。张九龄一听这话火冒三丈，断然给予痛斥，并立即告诉了玄宗。玄宗听了当时也为之变色，可是过后一切照旧。

由于忠奸不能两立，口蜜腹剑的李林甫经常在玄宗耳边说张九龄的坏话，久而久之，玄宗也就听不进张九龄的话了，李林甫反而成了玄宗的心腹，最终张九龄被玄宗罢了官、撤了职，去偏远的荆州当了一名长史。其宰相之位由李林甫取而代之。此时张九龄已是一位60岁的老人了，他怀着一片丹心，满腔忧愤，离开了他多年供职的长安，两年后死在了荆州任上。

然而仅仅过了十几年，曾被提拔的安禄山自觉羽翼已丰，便于唐天宝十四年（745）十一月初一日，以讨伐杨国忠为名，向唐王朝发动了全面的叛乱。起初，玄宗还有点不信，当事情确认无疑时，玄宗才如梦方醒，此时他才又想起来张九龄的《请诛安禄山疏》，然而一切都为时已晚，再加上口蜜腹剑的李林甫多年在朝为相作祟，从此，辉煌一时的唐王朝由盛转衰，开始走上了下坡路……

虽然时过境迁，一切都无可挽回，但终归玄宗还是想起了张九龄。不但想起了他的《请诛安禄山疏》，也想起了张九龄生前在朝为官时的一贯光明正大的端正作风，他的忠言、他的赤诚，悔当初没听张公之言。自此他"每思曲江而泣下",并以"风度得九龄否"来发问。意思是说:你们有谁能比得上张九龄呢?于是,后来人们便把张九龄生前一心为国、刚正不阿、高风亮节、疾恶如仇的作风概括为"曲江风度"。而这也就是北新桥酱房西夹道17号门的门联"曲江风度"的由来。1000多年过去了,如今韶关郊外的张九龄墓仍完好保存着,而曲江园和张九龄雕像以及风度路的设立,更体现了韶关人民对这位历史人物的崇敬。

王欧唱和千古传

下联:"吏部文章。"此说出自北宋文学家欧阳修《赠王介甫》的诗中。王介甫即王安石。其诗文如下:

> 翰林风月三千首,吏部文章二百年。
> 老去自怜心尚在,后来谁与子争先。
> 朱门歌舞争新态,绿绮尘埃拂旧弦。
> 常恨闻名不相识,相逢樽酒盍留连。

诗的大意是说:王安石就像唐时李白那样有才气,文章就像韩愈那样可传后世。我虽然老了,但雄心尚在。以后谁还能和你争高低呢?现在豪门权贵天天花天酒地,只顾自己享乐,不关心国家命运与百姓疾苦,只有我们不随波逐流,忧国忧民。我早就听说你的大名了,可是从未见过面,难得今日相逢,咱们何不痛快地喝上几杯,好好地谈谈心呢?

后王安石以《奉酬永叔见赠》作答:"欲传道义心虽壮,强学文章力已穷。他日若能窥孟子，终身何敢望韩公。"其中，王谦称自己一辈子也赶不上韩公。欧阳修读王安石答诗笑道："（王安石）错认某意，所用事乃谢朓为吏部尚书，沈约与之书云：'二百年来无此作也。'若韩文公，迨（一作迄）今何至二百年？"原来欧阳修所指"吏部文章二百年"之吏部，不是指唐代韩吏部事，而是指的南朝谢吏部事。

那么南朝谢吏部又是怎样一个人呢？谢吏部即谢朓，字玄晖，原籍河南太康，出身名门望族，好学，有文名。与南朝著名诗人谢灵运齐名，人称"大小谢"。在齐梁诗坛上首屈一指。唐代大诗人李白与杜甫都对他有极高评价。李白说他的诗"清发"、性单纯、没俗气。杜甫说："谢朓每篇诗堪诵。"因此，欧阳修"吏部文章二百年"指的是南朝的谢朓，也就不足为奇了。然而，可惜的是这样一位有才华有能力的人，不幸于东昏侯永元元年（499），在始安王萧宝卷谋帝位中遭诬死于狱中，时年仅36岁。而"吏部文章二百年"，从那时起也成了绝响。

先贤已逝，然而这段王安石、欧阳修之间互相唱和的历史故事，却被人们记载并流传了下来。北新桥酱房西夹道17号门的那副门联"曲江风度，吏部文章"就是证明。

北京胡同不管大小，通过门联所写内容就能知道，胡同里住着不少有知识、有学问的人。比如老舍住过小羊圈胡同，启功住过小乘巷胡同，梁漱溟住过小铜井胡同等。再如东绒线胡同74号，曾为旧时北京四大名医之一的施今墨故居，很有点西式味道，也很有气势，不过今已人去楼空了。以上所举只不过是我们大家都熟悉的人物，而像北新桥大街后面酱房西夹道17号小门的主人，不知有多少人知道呢？这些住在北京大小胡同的锦绣人物在各方面，尤其是在教育、文化等领域，都起着重要作用。北京之所以

东绒线胡同 74 号　　1996 年 9 月 1 日

传承为世界上的历史文明古城,恐怕离不开这样的人,否则人再多,没有这样的人,北京也就成了一片文化历史的"荒原"。

温恭有礼，春秋满怀

以上是东城区富强胡同 18 号门的一副门联。富强胡同原名关东店，位于灯市口西街中间路北。此胡同南起灯市口西街，北到黄图岗胡同，是一条南北走向的胡同。其 18 号门就坐落在这条胡同偏北的路西。

上联："温恭有礼。"出自《论语·学而》：子禽问于子贡曰："夫子至于是邦也，必闻其政。求之与？抑与之与？"子贡曰："夫子温、良、恭、俭、让以得之。"孔子的弟子子禽问子贡，孔子每到一个国家，都需要知道那个国家的政情。这是他求来的，还是人家主动告诉他的？子贡说，孔子是靠温、良、恭、俭、让而获得的。这里所说的"温"，就是说话态度温和不暴躁；"良"，即心地善良无恶念；"恭"，即对人恭敬谦和不傲慢；"俭"，即生活俭朴不奢靡；"让"，即谦虚礼让不粗野。以上这些既表现了一个人的人品修养，也是儒家待人接物的一个处世之道。所以，孔子每到一地，大多都会受到人们的欢迎和帮助，也就是顺理成章的事了。

下联："春秋满怀。""春秋"，这里既可把它看成是一年四

东城区富强胡同 18 号　　1994 年 6 月 6 日

季中最美好的两个季节，也可以把它看成是中国古代《春秋》一书，此书是中国最早的一部编年体史书，其中记载了春秋时期从鲁隐公元年（前722），到鲁哀公十四年（前481）242年之间，12代诸侯间攻伐、盟会、弑君、篡位以及灾异、祭祀、礼俗等重大事件。中国古代对春、秋两季非常重视，春、秋两季不但是播种和收获的季节，而且也是诸侯朝觐王室、举行盛大朝觐礼仪的季节，也是象征着一年的一次轮回，所以鲁国这部编年史书被定名为《春秋》。一般人认为《春秋》一书由孔子所编，他以一字为褒贬，微言大义，在乎其中。孔子乐尧舜之道，并以此为基准，是非242年之中，作拨乱反正之凭。故有"孔子作《春秋》而乱臣贼子惧"之说。这是因为乱臣贼子怕被人唾骂、遗臭万年、受鬼神之诛。

春秋，也是一年中两个重要的季节。春，代表着一元复始之日，万物生发之时，对未来充满了希望。是新的一年的开始，一年之计在于春，春光无限好，春风得意，满面春风，春色美如画……都代表了春的勃勃生机，使人精神昂扬、振奋，充满了对未来的向往……

秋，那又是一个秋高气爽，春华秋实，一年中收获的季节。"春种一粒粟，秋收万颗子。"是家家户户喜获丰收之时。总之，不管是一年四季中的"春秋"也好，还是"孔子作《春秋》而乱臣贼子惧"的《春秋》也好，那都是一个好的季节和一件好的事情。下联"春秋满怀"，既可指收获一年的大好时光，也可以指胸怀历史经纶的浩然气魄。至于"温恭有礼"，就是说待人接物要说话和气，要讲礼貌，一举一动要得体，给人以美好的印象。这样既受到人家的尊敬与赞赏，又受到人家的欢迎，自己快乐别人也快乐，何乐而不为呢！

得志当为天下雨，缔交尚有古人风

以上是东城区干面胡同77号门的一副门联。干面胡同位于东四南大街以东，东口通朝内南小街，西口通东四南大街，北邻史家胡同，是一条东西走向的胡同。其77号门，就坐落在这条胡同西口内路南。

上联："得志当为天下雨。"意思是说一个人事业有成，实现了人生理想、抱负并取得了巨大成功，那么，接下来应该如何呢？应该按联中所说，"当为天下雨"。就是说，应该把实现自己志愿所取得的成功，当成是滋润别人的雨露，去惠及别人，帮助别人。正如有人曾说："如果你有一杯水，你可以独自享用；如果你有一桶水，你可以存放家中；如果你有一条河，那么你就要学会与他人共享。"这是一种多么坦诚与实在的语言！没有炫耀，没有夸张。没有说把一杯水自己不喝送给了别人；也没说把一桶水一点不留全给了别人；只是说如果有一条河，就要学会与他人共享。这就是门联所说的意思："得志当为天下雨。"

下联："缔交尚有古人风。"这里所说的"缔交"，就是结交、交友，要发扬和崇尚古人的风度。那么什么样的交往才是古人的风度呢？举例如下。

君子之交

出自《庄子·山木》："君子之交淡若水，小人之交甘若醴。"意思是说，君子交友不尚虚华，平淡如水，追求的是纯真、长久的友谊；小人之交甜如蜜，追求的是一时的甘甜，但友情难长。

君子之交的故事很多书中都有提到，比如《中华歇后语鉴赏》就写了唐贞观年间，唐大将薛仁贵的一段故事。薛仁贵家贫，与妻住窑洞，生活困苦。常由友人王茂生夫妇接济。后薛仁贵参军，随唐太宗李世民东征立功，被封为平辽王而身价倍增。一时前来送礼的人络绎不绝，但都被薛仁贵一一谢绝。此时王茂生夫妇也给薛仁贵送来两个酒坛，但坛子里装的并不是酒，而是家乡的泉水。当时仆人并不知情，气冲冲把这件事报告给了薛仁贵。薛仁贵听说后，不但没有生气，反而高兴地迎了出来，并当众连喝了三大碗坛里的泉水，然后又连连说："好水！好水！这不是一般的水，这是我小时喝的家乡的泉水，它使我饮水思源，不忘当年王茂生夫妇对我们的帮助，这水，也是君子之交淡如水的水，王茂生夫妇至今没有把我忘掉，我们又怎能忘掉帮助过我们的王茂生夫妇呢！"于是两相极尽畅谈欢愉之事。从此，君子之交淡如水的故事也就流传下来。

刎颈之交

出自《史记·廉颇蔺相如列传》。廉颇，战国时赵国名将，屡战屡胜，威震列国。蔺相如，出身卑贱，赵惠文王时，因"完璧归赵"有功，升任上卿，位在廉颇之上。廉颇大怒："我为赵将，有攻城野战之大功，而蔺相如徒以口舌为劳，而位居我上。且相如素贱人，吾羞，不忍为之下。"廉颇还对外宣称："我见相如，必辱之。"蔺相如听说这件事后，常称病不上朝，避与廉颇争列。外出时，如遇到廉颇行仗，也往往早早避去，不与争路。如此，有些仆人看不下去了，常发些怨言，说蔺大人惧廉颇，咱们也跟着受辱。蔺相如听说后，就问这些仆人："你们看廉将军与秦王谁更厉害？"众人说："当然是秦王了。"蔺相如又说："我在秦廷之上，广众之中怒斥秦王、轻蔑其臣。这样的事我都敢做，难道说我唯独要怕廉颇吗？我是想，秦之所以不敢轻易攻打赵国，是因为我们两人都在，如果我俩不和互相争斗，秦国便乘隙而入，赵国也就危险了。为此，我以国家为念，才把个人荣辱私念抛在一边……"后廉颇闻言，思忖再三，猛然大悟，深感自己心胸狭窄、目光浅短已不如蔺，还险些给国家造成重大损失。于是他肉袒负荆，亲自到蔺相如处谢罪。蔺闻言赶紧迎出门外，扶起廉老将军言："我们二人辅佐赵王，能得到将军谅解，我就感到很高兴了，何必还要这样呢！"廉颇说："鄙人肚量浅狭，不料相国竟能宽容至此，实在惭愧。从今愿结生死之交，虽刎颈不变。"从那时起，"刎颈之交"这个成语故事就一直流传至今。

贫贱之交

指贫穷困苦时结下的朋友，出自《后汉书·宋弘传》。宋弘，字仲子，有才学，性温顺，光武帝时曾任太中大夫，建武二年（26）

代王梁为大司空,封枸邑侯。所得租奉分赠九族,家无资产,以清行致称。当时皇帝的姐姐湖阳公主新寡,皇帝觉得宋弘才貌均佳,人品又好,就想把自己的姐姐嫁给他。湖阳公主也说:"宋公威容德器,群臣莫及。"于是,有一天皇帝就把宋弘引来了,并预先让湖阳公主坐在屏风后面偷听。在谈话中,皇帝就对宋弘说:常言道,贵易交,富易妻,这是人之常情啊!宋弘一听皇帝说出这话,就感觉这话里有话,于是就立即说:"臣闻贫贱之知不可忘,糟糠之妻不下堂。"意思是说,贫困时结交的朋友都不应该忘掉,何况患难与共的夫妻了,更不应该轻易言弃。皇帝一听这话,知道这件事做不成,于是说道:"事不谐矣。"可是,"贫贱之交不可忘,糟糠之妻不下堂"这个典故却流传了下来。

舍命之交

出自西汉著名经学家刘向辑校的《列士传》,故事大致是这样的:春秋时有两位义士,一名叫左伯桃,一名叫羊角哀。二人相识后结为挚友,以兄弟相称。他们听说楚王好义,招贤纳士,于是经过商议,二人结伴而行投奔楚国。一日,当走到晋国南部浮山县二峰山时,不料天气突变,狂风夹杂着大雪扑面而来,霎时天昏地暗,地上积雪盈尺。此时他们穿的衣服又单又薄,食物也所剩无几,又饿又累,全身冻得瑟瑟发抖……眼见时间一点点过去,雪无停兆,天已近暗,左伯桃感到这样下去,两人都必死无疑,于是他对羊角哀说:"我身体较弱,年岁又高,行动艰难,难逃此劫。你刚20多岁,身体比我强多了,我把衣服脱下,你都穿上,不用管我,赶快投奔楚国,留得青山在,不怕没柴烧。走吧!"羊角哀一听这话，立刻泪如泉涌："我们是结义兄弟，应同生死共患难……您别这样，待我到附近看一看有没有什么求救的办法……"可是，当羊角哀一无所获返回原地时，眼前的情景使他惊呆了。只见左伯桃赤身裸体蜷缩在一棵大树的洞中，身体僵硬，早没了气息。而在他给羊角哀留下的衣物上，却留下了这样两句话："贤弟当有凌云志，但愿锦衣葬尔兄。"望着眼前的这一切，羊角哀仰天大哭，然而他想到左伯桃对他的嘱托，于是擦干眼泪，强忍悲痛，把树洞稍加掩饰，最后又向左伯桃磕了三个头，于是大步流星，直奔楚国而去。

楚王听说有义士来访，于是立即召见了羊角哀，问他有何见教。羊角哀经过一番调查走访之后，便向楚王献出了治国十策。楚王听了十分高兴，于是设宴款待，然而羊角哀此时不但没高兴起来，反而失声痛哭不止。楚王惊问何故，于是羊角哀就把他和左伯桃的故事说了一遍。楚王一听，非常感动，大赞左义气。当下就派大队人马，随从羊角哀去二峰山下，帮助办理安葬左伯桃的事宜。当一切料理完毕，羊角哀对着左伯桃的大墓说："当年仁兄舍身为我而死，其所托，如今小弟也已全部办理完毕。现小弟愿随兄而去。"于是一头撞死在了这山石之上。众大惊，但为时已晚。后人为了纪念这两位贤者，分别在二峰山上为其建了一左一右两座庙宇，并立碑塑像，以为纪念。这就是"舍命之交"故事的由来。

除以上古人交友的例子外，尚有：

不分年龄大小的忘年之交。如《后汉书·祢衡传》里的20岁的祢衡和40岁的孔融。

通晓音律的"知音之交"。如"伯牙摔琴谢知音"里的伯牙与钟子期。

另外还有"布衣之交"。古代平民百姓皆穿布衣，故其结交曰"布衣之交"。《东周列国志》九十八回载:"寡人闻君高义,愿与君为布衣之交。"那不过是秦昭王讨好、欺骗平原君赵胜的一个手段而已。

  通过以上一些例子来看,我们对古人交友的态度和风度,可能都有了一些了解,但愿在这个问题上,对我们交友待人能有所启发和帮助。

东城区纱络胡同 7 号

古训是式，善人与居

以上是东城区纱络胡同7号门的一副门联。纱络胡同位于安定门内大街西部北锣鼓巷以北的西侧。其东口通北锣鼓巷，西口通宝钞胡同，是一条东西走向的胡同。其7号门就坐落在这条胡同东口内路北。

上联："古训是式。"出自《诗经·大雅·荡之什·烝民》：

天生烝民，有物有则。民之秉彝，好是懿德。天监有周，昭假于下。保兹天子，生仲山甫。

仲山甫之德，柔嘉维则。令仪令色，小心翼翼。古训是式，威仪是力。天子是若，明命使赋。

以上原文很长，现只取其中一小部分，意思是说：普天之下众百姓，懂事务讲法则。人们都秉承这个天性，追求真善的美德。上天在看着周王朝，将美德昭告天下，保佑周天子，有仲山甫辅佐。仲山甫有很好的美德，待人和善是他的行为准则。仪表端正又和颜悦色，处处小心谨慎不自得。把古训当成法则，展现出威严的仪容，天子因为此让他传达政策、管理施政。

仲山甫,西周时人,出身显赫。周宣王时受举任卿士,为百官之首。封地樊,故又名樊仲山甫。他才华出众,人品又好,很受周宣王的赏识。以上记述的那段文字,就是周宣王另一位大臣、人称"中华诗祖"的尹吉甫,在一次送别仲山甫时,赞美周宣王使贤任能和仲山甫的出众才德的。而其中"古训是式",在这里的意思是:把先王的古训当成法则。按今来说,就是我们应当把古人留给我们的遗训,当成我们做人的一个准则。这就是"式",既是法式,也是定式。

下联:"善人与居。"出自《孔子家语》:"吾死之后,则商也日益,赐也日损。"曾子曰:"何谓也?"子曰:"商也好与贤己者处,赐也好说不若己者。不知其子视其父,不知其人视其友,不知其君视其所使,不知其地视其草木。故曰:与善人居,如入芝兰之室,久而不闻其香,即与之化矣;与不善人居,如入鲍鱼之肆,久而不闻其臭,亦与之化矣。丹之所藏者赤,漆之所藏者黑,是以君子必慎其所与处者焉。"

以上这段《孔子家语》,就是孔子和他的学生曾子的一段对话,大意如下:有一天孔子对曾子说,我死之后,子夏(名商,字子夏)会比以前更优秀。而子贡(原名端木赐,字子贡)恐怕就差了。曾子问为什么,孔子说:子夏喜欢和比自己贤明的人在一起,子贡喜欢和不如自己的人在一起。不了解孩子的话看其父母就知道了,不了解其人的话看他的朋友就知道了,不了解君王的话看其使臣就知道了,不了解当地的话看当地草木就知道了。所以,常和品行高尚的人在一起,就像沐浴在充满芝兰香气的室内,时间一长就闻不到香味了,那是因为你和香味已融合到了一起。和品行低劣的人在一起,就像进了卖咸鱼的店铺,时间一长就闻不到臭味了,那也是因为你和臭味融合到了一起。装朱砂的容器必有红色,装漆的容器必有黑色。所以君子选择居住、选择朋友要十分慎重。而"善人与居",也就是说,我们要争取与智慧善良的人为邻,也要自己努力做到与人为善、与邻为善。

东城区禄米仓胡同 22 号　　1998 年 6 月 7 日

修身如执玉，积德胜遗金

以上是东城区禄米仓胡同 22 号门的一副门联。禄米仓胡同原名禄米仓，地以仓名，为明清时皇家粮仓和发放俸禄的所在地。禄米仓胡同东侧旧有明时属兵部试场的"京卫武学"和明代太监王振的家庙智化寺。其西口通朝内南小街，东口通小牌坊胡同，是一条东西走向的胡同。22 号门就坐落在这条胡同偏东路南。

上联："修身如执玉。""修身"，出自相传为孔子的弟子曾参所著的《礼记·大学》："大学之道，在明明德……古之欲明明德于天下者，先治其国；欲治其国者，先治其家；欲治其家者，先修其身……自天子以至于庶人，壹是皆以修身为本。"意思是说：大学的宗旨在于弘扬光明正大的品德……古代那些要想在天下弘扬光明正大品德的人，先要治理好自己的国家；要想治理好自己的国家，先要治理好自己的家庭；要想治理好自己的家庭，先要修养好自己的品德……上至帝王将相，下至平民百姓，人人都应该以修身为本。也就是说，修身是齐家、治国、平天下最根本的一个环节，是个基础。如果修身弄不好，其他一切也都无从谈起。因此中国自古以来，历朝历代，先贤、先哲，都对修身极为重视。

因为修身不只关系到个人，也直接关系到家庭、社会和国家。

正如《礼记·大学》中所说："一家仁，一国兴仁；一家让，一国兴让；一人贪戾，一国作乱；其机如此。此谓一言偾事，一人定国。"意思是说：一家仁爱，一国也兴起仁爱；一家礼让，一国也兴起礼让；一个君王贪婪暴虐，一个国家就会群起作乱。这就叫作一句话能毁了整个事情，一个人能安定整个国家。

由此，我们可以想象到，修身对于我们每个人来说是多么的重要。虽然我们每个人不可能都幻想成龙成凤，成为国家的栋梁之材，然而，争取做一个堂堂正正的正人君子和有用的人才，那也是很受人尊敬的。起码不留恶名在人间，夫复何求！这里"修身如执玉"的意思，就是把一个人的修身，看成在他身上佩戴了一块美玉。这是因为我们的古人把玉看得十分高雅、清纯、洁净，与君子的品性相似。故孔子在《礼记·聘礼》中说："昔者君子比德于玉焉。"《诗经》中也说："言念君子，温其如玉。"而古人更是把玉说成有五德：仁、义、智、勇、洁。所以古人把道德高尚的君子也就比作美玉，而玉也被人们看成是君子的化身，两者相得益彰。

下联："积德胜遗金。"积德，这是中国佛家和儒家都提倡的行善之举，意思就是让人们多做有益于人民、有德行的善事、好事。尤其是对那些处于极度困难中的贫者、弱者和无助者，应及时伸出援手，给予帮助。这样做要比把万贯家财压在箱子底下留给子孙强得多。君不见，昔有《冯谖客孟尝君》之故事；今有慈善家扶危济贫之现实。当然，这还要根据自己的情况，量力而行。但不管怎么说，做好事总比做坏事要强得多吧！

有容德乃大，无欺心自安

以上是东城区南库司胡同5号门的一副门联。南库司胡同位于南池子大街南口内路东一条小死胡同，东西走向，其5号门就坐落在这条胡同中间路北。看上去很老旧，但门联却清晰可见。

上联："有容德乃大。"出自《尚书·君陈》中的一段话："必有忍，其乃有济；有容，德乃大。"意思是说：一个人要养成有忍耐的精神，做事才有可能成功；对人有忍让宽容的胸怀，说明你的人品道德是很高尚的。对人宽容既体现了一个人的修养，也体现了对别人的爱。

常言道："君子坦荡荡，小人长戚戚。"为什么？因为君子重德、重修养、重人品、重名声。他们把这些往往看成是比自己生命还珍贵的东西，他们不会为私利而做出违背自己良心和道德的事情来。因为君子的心总是干净而又平静，总是坦坦荡荡、光明磊落。然而小人的心却正好相反，因为小人重利，小人把利看得比什么都重要。只要对己有利，往往什么损人利己的事都干得出来。为此，他们终日冥思苦想、绞尽脑汁，为实现自己的一己私利，而日日戚戚然、忧忧然。这也就是君子和小人之所以不同的一个根本原因。

东城区南库司胡同 5 号　　1999 年 11 月 11 日

那么德又该如何来具体解释呢？德，即道德、品德、公德、美德、德行……这也是中国儒家文化最重视、最提倡的一个方面。"为政以德"，这是孔子向统治者提出来的，要求统治者在统治国家的过程中，要讲德，实行德政。"己所不欲，勿施于人。"这是孔子向所有人说的。凡是自己不愿意的事，任何人都不应该强加给他人。这也是德。《荀子》："不知则问，不能则学，虽能必让，然后为德。"意思是，不知道的事要去问，不会做的事要去学，会了的事要谦让不傲慢，这样就是德行了。此外，《周礼》载："德行，内外之称。在心为德，施之为行。"意思说，"德行"二字有内外之分，内心中的道德要求叫作德，表现在外面的良好的为人处世之道叫作行。上联"有容德乃大"，是说凡是有容人之量的人，都是有德之人。

下联："无欺心自安。""无欺"指的是既无欺凌也无欺骗，是一种人和人真诚平等相待、尊重人的一种高尚品德。进一步说，就是既不以大欺小，以强凌弱；也不满嘴谎言，坑、蒙、拐、骗。常言道："不做亏心事，不怕鬼叫门。"这与门联"无欺心自安"是相通的。它既反映了老北京人做人的一个信念，也反映了这家主人对个人、对家庭、对社会的一种告诫和希望。

东城区南池子北库司胡同 12 号　　1994 年 11 月 28 日

守孝悌为人根本，真和平处世良谋

以上是东城区东华门街道办事处北库司胡同12号门的一副门联。北库司胡同位于南池子大街南口内不远处路东的一条小胡同内，它与南库司胡同不但相邻，而且相通，是一条只有几个门的小死胡同，其12号门就坐落在这条胡同拐两个弯后最里边的顶头路东。它与对面坐西朝东的13号门正好相对。两门之间相距只有两步远的距离，可见胡同是多么的窄小。

上联："守孝悌为人根本。"此联乃出自《论语·学而》。孔子曰："君子务本，本立而道生。孝弟也者，其为仁之本与！"意思是说：君子从根本上重视个人品德的修养，而孝悌就是仁义的根本，而这也是做人的一个根本。正是孔子把一个人是否行孝看成是做人的一个根本，所以孟子也曾说过："学所以明人伦也。"也就是说，只有好好学习，你才能真正明白人伦方面的道理，并且还说："壮者以暇日修其孝悌忠信，入以事其父兄，出以事其长上。"(《孟子·梁惠王上》)意思是说：年轻人闲暇的时候，要注重孝悌忠信这方面的学习和修养，在家要多侍奉父母和兄长，在外要多帮助那些年迈的老者。这也就是我们所说的"老吾老，以及人之老；幼吾幼，以及人之幼"。同时，也是对以上所说的那些话的诠释。

孝，是中国儒家思想的一个核心，也是千百年来维系家庭道德的一个准则。《孝经》载："君子之事亲孝，故忠可移于君。"意思是说：一个人侍奉父母能极尽孝道，就也能将对父母的孝心，移作侍奉君王的忠心。也正是由于此，所以历代统治者也都对孝十分重视。汉代就曾提出过"以孝治天下"的主张，并制定出"不孝之律"，对不孝者不但不容许考取功名、不能做官，即使做了官，也要罢免、治罪，而且属于重罪。到了唐代，更是把不孝列为十大不赦之罪。就是到了元朝，也仍然主张"尊孔重孝"。总之，孝可以说自古及今都在传承，随着时代的发展，虽然对不孝的处罚没有那么严厉，但在人们心目中，对那些不孝的子孙们，仍视其为不屑挂齿的败类。这话不太好听，然而以提倡孝而著名的孔子，早就直言不讳地这么说了。

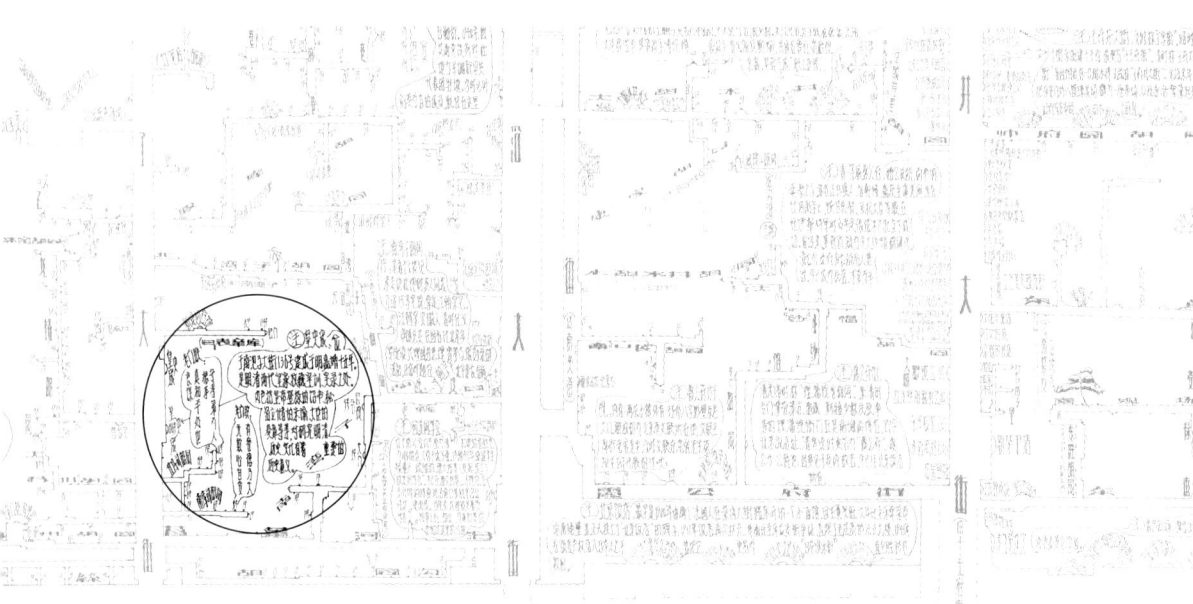

下联:"真和平处世良谋。"往小里说,这是一个人在社会上应该怎样为人处世的问题;往大里说,也是一个国家在世界上应该采取什么样的外交政策的问题。这里的真,应该是真心、真意、真诚、真实的,没有半点虚伪。和平,就是在与人的相处中态度和气、和蔼、和顺,要平等待人、尊重人,要春风满面。不能有傲气、野气,更不能有霸气。这既是一个人的修养问题,也是一个人处世的最好"良谋"。很难想象,一个不能平等待人,不尊重别人而霸气十足的人,会受到周围的青睐和欢迎。至于国与国之间,就更是如此了。

孝悌忠信，礼义廉耻

以上是东城区协作胡同10号门的一副门联。协作胡同原名嘎嘎胡同，它北邻张自忠路，南邻汪芝麻胡同。其东口通东四北大街，西口通南剪子巷，是一条东西走向的胡同。其10号门就坐落在这条胡同东口内路南。

此门联"孝悌忠信，礼义廉耻"，是出自中华文化中的"四维八德"。四维，即指礼、义、廉、耻。"礼义廉耻"，最早见于春秋时的《管子·牧民》中，文曰："何谓四维？一曰礼，二曰义，三曰廉，四曰耻。"

四维

礼，就是礼仪、礼貌、礼节、礼教、礼数、礼法……它既是等级制度的一种道德规范，又是儒家文化实现仁的一种社会保证。司马光曾说："国家之治乱本于礼，礼之为物大矣！用之于身，则动静有法百行备焉；用之于家，则内外有别而九族睦焉；用之于乡，则长幼有伦而俗化美焉；用之于国，则君臣有序而政治成焉；用之于天下，则诸侯顺服而纪纲焉。"也就是说，不管是个人、家庭、乡里、国家，只要那个地方礼通，那个地方就政通人和。否则，就会出问题。因为礼的对立面就是没礼、缺礼、少礼、无礼，是蛮横、粗野、不讲礼。没上没下，没大没小，没高没低，没里没外，如此，使礼无立锥之地，乱也是必然的了。

义，就是正义、道义、大义……或者说就是一种大公无私的英雄气概，自古以来对"义"的诠释数不胜数，让人动容：

风萧萧兮易水寒，壮士一去兮不复还。——义无反顾（荆轲）

人生自古谁无死，留取丹心照汗青。——视死如归（文天祥）

靖康耻，犹未雪。臣子恨，何时灭？驾长车，踏破贺兰山缺！壮志饥餐胡虏肉，笑谈渴饮匈奴血。待从头收拾旧山河，朝天阙。——精忠报国（岳飞）

恨不抗日死，留作今日羞。国破尚如此，我何惜此头。——从容就义（吉鸿昌）

廉，就是清廉、廉洁、清白、品行端正、不污不腐、洁身自好。《楚辞·章句》中注有："不受曰廉，不污曰洁。"孔子曰："富与贵，是人之所欲也，不以其道得之，不处也。贫与贱，是人之所恶也，不以其道得之，不去也。"意思是说，富和贵，这是人都希望的，如果不是正道来的，那么君子是不接受的。贫与贱，这是人都不愿意的，但是如果不能通过正道而改变窘境，那么君子宁愿守贫贱之境。故常言道：君子爱财，取之有道。这就是廉。

耻，就是羞耻、可耻、无耻。俗话说，就是寒碜、丢人、现眼、不光彩。孟子说："人不可以无耻。无耻之耻，无耻矣！"意思是说，作为一个人不可以无耻，可是如果一个人没有了羞耻之心，而又不以羞耻为可耻，那么这个人可就快不可救药了。因为一个人如果没了羞耻之心，就会什么事都干得出来，大者卖国求荣，小者不要脸面。比如说，公元900年，后晋出了一个皇帝叫石敬瑭的，他不但自愿当别人的傀儡，而且还甘愿把自己的领土——燕云十六州割让给契丹。更让人想不到的是，他还自愿主动称契丹主为"父皇"，把自己称"儿皇"。作为一个皇帝，如此厚颜无耻，恐怕在世界上来说，也是绝无仅有。管仲说："仓廪实而知礼节，衣食足而知荣辱。"并说："礼义廉耻，国之四维，四维不张，国乃灭亡。"但愿先辈们说的这些话，不是故作惊人之语！

八德

宋代有"八德"之说，包括孝、悌、忠、信、礼、义、廉、耻。后来有人提出"新八德"之说，包括忠、孝、仁、爱、信、义、和、平。礼、义、廉、耻前文已提，此处就说下"新八德"，即忠、孝、仁、爱、信、义、和、平。具体可解释为：

一心为国为忠，
善事父母为孝，
爱人利物为仁，
情之深深为爱，
言行如一为信，
勇往直前为义，
温恭俭让为和，

不歪不斜为平。

以上门联中涉及的"四维八德",也许我们每个人不一定都做得尽善尽美,但只要我们明白了这个道理并努力去做了,也就问心无愧了。品德的修养是任何地位、权力和金钱所买不到的。

西城区新街口四条 51 号

芝兰君子性，松柏古人心

以上是西城区新街口四条51号门的一副门联。新街口四条位于新街口北大街以西，它的东口通新街口北大街，西口通西教场胡同，是一条东西走向的胡同。其51号门就坐落在这条胡同偏西路北。

当我第一次看到这样一副门联时，便被深深地吸引住了。其文字雕刻非常精美，内容意境非常深远。我全神贯注，反复思索，反复欣赏……好像它把我带入了一个超凡脱俗的世界里。那里无欺无诈，无尘无污，清雅洁净，一尘不染；那里无争无吵，无吼无叫，更无那声嘶力竭的攻击与谩骂。有的只是那缓缓的细语、轻轻的笑声和偶尔从林中传出的鸟鸣与草丛中传出的蟋蟀声……这种意境，莫不算是世外桃源，或是人间仙境？不管怎么说，它是人们所向往的。

上联："芝兰君子性。"芝与兰，向来属于名贵花草，大多生于山谷，长在崖处，挺拔而清秀。既不因无人而不芳，也不以有人而自傲，可谓与世无争，卓尔不群；它高雅、洁净，毫无脂粉气,始终保持自己的清纯与秀美,可谓不随波逐流。人们把芝兰比作是人间君子与把玉比作是人间君子无异,都是指品格高尚者。这就是芝兰,就像是人间美好的君子;而人间君子,也像是自然界中高雅的芝兰。

下联:"松柏古人心。"松与柏,是耐严寒、抗风雪,质地坚硬的常绿乔木,其干粗壮高大,外皮多为鳞状,果为球状,种类很多,松树树脂可提炼出松香和松节油,种子可以榨油和食用,其根、茎、叶还可以入药,为人医病,皮和叶以及枝干还可用于造纸,可以说它全身是宝。而且松柏又是长寿之树,"松柏常青""松鹤延年",即由此而来。北京中山公园社稷坛南门外,有一片古老的松柏林,粗壮、高大、挺拔,远远望去蔚为壮观,其中树龄七八百年的不在少数,甚至有上千年的,至今仍生机勃勃,十分可贵。

松与柏可以广泛地植于山川、丘陵、平原等,它既可以美化环境,净化空气,为人们纳荫遮阳;成材后,又可以为人们建房筑屋,制造亭、台、楼、阁,修桥筑路……千百年来,像是一个个无言的巨人,矗立在山间、田野、公园、庭院、陵园、墓地……沉静无声地俯视着这人间冷暖、世间的变化和王朝的兴衰成败,然而它终不改其为人类默默贡献的心志。也许这就是芝兰与君子的一种固有的本性,古人像松柏一样的一片丹心吧!为此,就连大诗人李白也写出了这样的诗句:

为草当作兰,
为木当作松。
兰秋香风远,
松寒不改容。

"芝兰君子性，松柏古人心"，借物言志，从这副门联也能看出院落主人的超凡脱俗和高洁志趣。

西城区西四北头条12号　　2003年1月22日

忠心贯家国，恕道希圣贤

以上是西城区福绥境街道办事处西四北头条12号门的一副门联。西四北头条位于西四十字路口西北角的北边。其东口就是西四北大街，西口通赵登禹路，是一条东西走向的胡同。其12号门就坐落在这条胡同中间路南的三层台阶之上。

此门联上、下联头一个字，很容易让人联想到《论语》中孔子所说的"忠恕"二字。然后再经过编排，便组成了这样内容丰富的一副门联："忠心贯家国，恕道希圣贤。"那么关于"忠恕"，孔子到底是怎么说的呢？

第一，《论语·里仁》载，子曰："参乎！吾道一以贯之。"曾子曰："唯。"子出。门人问曰："何谓也？"曾子曰："夫子之道，忠恕而已矣。"意思是，夫子对曾参说："曾参哪！我的学说有一个核心，始终不变。"曾参说："是的。"孔子离开后有人问："是什么呢？"曾参说："夫子的思想概括起来，其核心就是'忠恕'二字。"这里所说的"忠"，就是指一个人无论是做人还是做事，都要讲忠诚、忠实，尽心尽力。说话讲信用，不撒谎、不骗人，这也是做人的一个根本，否则就成了无根之木，无水之源，无以为立。

这里所说的"恕",就是指自己对待别人要宽容、宽恕。常言道:人非圣贤,孰能无过。况且人和人成长的经历、环境等方面有不同,生活习惯和思想水平也绝不会是一样的。所以对待别人的缺点甚至错误,应该持一种宽容的态度,循循善诱,而不是不分青红皂白就横加指责,甚至一棍子打死。

第二,《论语·卫灵公》载,子贡问曰:"有一言而可以终身行之者乎?"子曰:"其'恕'乎!己所不欲,勿施于人。"意思是,子贡问孔子:"有没有用一句话而让人终生可以奉行的呢?"孔子回答说:"那就是'恕'吧!自己不愿做的事,也不要强迫他。"

从以上两个例子来看,说明孔子对"忠"与"恕"的重视,几乎已提高到了"道"的程度上来了。那么以"忠恕"作为这家的门联,又有何新的内容呢?

上联:"忠心贯家国。"如果说孔子把"忠"看成是无论是做人还是做事都要讲忠实、忠诚,那么就是说无论谁,对家还是对国,都要有一颗挚爱的忠心,而且应当一以贯之地这样做。因为家是人生之根,国是家之本,我们必须要珍惜她、爱护她、保护她。简单说,就是爱家爱国,一贯到底。

下联:"恕道希圣贤。"这里门联的主人不但把孔子所说的"恕"看成是人对人要讲究的宽容、宽恕,有容人之量;而且还把"恕"提高到了"道"的高度,并且认为要在社会上实现"恕道",应该寄希望于遵循宽恕之道,从而达到圣贤的程度。所谓圣贤,按现在说,就是能力超众,人品超群,思想好、作风好的那些卓尔不群者。

敦诗悦礼，含谟吐忠

以上是西城区厂桥街道办事处兴华胡同 8 号门的一副门联。兴华胡同原名兴华寺街，因此街旧有一兴华寺而得名。兴华胡同东口通龙头井街，西口通德胜门内大街，是一条东西走向的胡同。其 8 号门就位于东口内不远的路南。

上联："敦诗悦礼"。门联上刻着的"敨"字，系"敦"的异体字。而"禮"字，系"礼"的繁体字，故可录定为"敦诗悦礼"。它出自《左传》，是春秋时晋楚城濮之战前晋国卿赵衰对晋文公的一段谏言，他说："郤縠可。臣亟闻其言矣，说礼乐而敦《诗》《书》。《诗》《书》，义之府也。礼乐，德之则也。德义，利之本也。《夏书》曰：'赋纳以言，明试以功，车服以庸。'君其试之。"

意思是说，郤縠可以做中军元帅。我曾多次听他说，他喜爱礼乐，又喜爱《诗》《书》。《诗》《书》是义礼的府库；礼乐是道德修养的准则。有了德义，才是利国利民的根本。《夏书》上说："应广泛采纳有用的言论，用功效来检验，用车马衣服酬报他的功劳。"您可以试用他看看。

于是晋文公采纳了赵衰的意见，令郤縠统率中军、狐偃统率上

西城区兴华胡同 8 号　1998 年 6 月 21 日

军、栾枝统率下军……三军在郤縠的统率下，旗开得胜，初战告捷。然而天有不测风云，同年二月郤縠便于军中战死了。时中军由先轸取代，并在后来的战斗中取得了决定性的胜利。

然而当初作为一个职位远在郤縠之上的赵衰，为什么非要推荐郤縠做中军元帅呢？郤縠到底又是一个什么样的人？

郤縠，亦作郄縠，因"郄"古时与"郤"同。郤縠，太行山东麓行唐城寨人，生于公元前682年，属于春秋时期的前半期，他出身官宦人家，书香门第。到了公元前580年至前573年，郤氏家族曾出现过三卿五大夫，并有"其富半公室，其家半三军"之说，其中就包括晋灵公与晋成公时期的卿、大夫郤缺。后来郤（郄）姓为官的在汉代和元明时期都大有人在。而述其祖先，其后人都以晋国大夫、中军大将郤縠为祖、为荣。由此看来，当初赵衰极力推荐郤縠为中军，是有一定道理的，只是人之生死实难预料而已。据《行唐新志》载："行唐在春秋为晋邑，晋大夫郤縠墓在城寨村前，有镌晋大夫郄氏之茔。"在郤縠墓旁附葬142家，现遗址仍依稀可辨。唐代诗人刘禹锡曾有一名句："自从郄縠为元帅，大将归来尽把书。"这里不但称颂郤縠文武双全，而且称赞他改变了整个军营的气氛。这就是"敦诗悦礼"的由来。

下联："含谟吐忠。"谟，即策略之意。《尚书·皋陶谟》中表现的内容，体现了下联的内涵。《尚书》是我国古代最早的文集，传为孔子所编著，《左传》中称其为《夏书》《商书》《虞书》《周书》……战国时总称为《书》，到了汉代改称为《尚书》，意即上古帝王之书，为儒家五经之一。其要旨有二：一在明仁君治民之道；二在明贤臣事君之道。而《尚书·皋陶谟》就是专门介绍皋陶和禹在舜帝面前提出并讨论治理天下大事的。内容涉及帝王的个人修养、品德，对人才的重视，以及听取别人意见的胸怀等。

西城区兴华胡同 8 号

皋陶，传说为古代颛顼帝之子。曾任尧舜时大理官，即今之大法官或司法长官之职。由于他秉公断案、执法如山、不徇私情又敢于向上进言，被称为"上古四圣"之一，也是中国历史上第一个清廉的大法官。希望家族门庭如皋陶一样忠言献谏，这也许就是门联"含谟吐忠"的深层含义。

诗书承世业，孝友念家风

以上是西城区育德胡同 28 号门的一副门联。育德胡同原名叫石碑胡同，位于新街口南大街路西。东口通新街口南大街，西口通赵登禹路，是一条东西走向的胡同。其 28 号门，就坐落在这条胡同中间路南的一条小死胡同内。

上联："诗书承世业。"这里的"诗"，既可理解为一般的诗，或古代著名诗人所写的诗，也可理解为《诗经》。这里的"书"，可以理解为一般的书，也可理解为经典之作，或古代《尚书》。然而不管是哪一种，在中国漫长的古代社会里，在科举考试选拔人才的仕途上，是离不开诗与书的。因为那里边给人以知识、给人以智慧、给人以才干、给人以力量。

> 天子重英豪，文章教尔曹。
> 万般皆下品，唯有读书高。

宋时汪洙写的这首《神童诗》，虽曾遭过批判，但是在帝制时代，哪个英明的君主不爱惜人才、不爱惜英雄豪杰、不提倡读书、

西城区育德胡同 28 号　　2001 年 9 月 24 日

不提倡学习呢？也许有，那不过也是整天只想贪图个人享乐而不务正业的昏君。要知道，只有真正通过苦读诗书而成才的人，才有可能成为国家真正的栋梁，古今中外莫不如此。

下联："孝友念家风。""孝友"有多个出处。第一，出自《诗·小雅·六月》："饮御诸友，炰鳖脍鲤，侯谁在矣，张仲孝友。"意思是说：友人济济一堂，丰盛的酒宴已备好了，谁在那儿等着呢？那不是既孝又友的张仲嘛。以上《诗经》中这个片段，是取自西周宣王时，大臣尹吉甫战胜猃狁，得胜还朝受到周宣王嘉奖，从镐京回到自己的驻地中都邑，同好友举行欢宴时的一幕。第二，出自《毛传》："善父母为孝，善兄弟为友。"大致意思就是：对父母好，就是孝；对兄弟好，就是友。如果两者都做得很好，既孝又友，即曰孝友。第三，出自《后汉书·韩棱传》："棱四岁而孤，养母弟以孝友称。及壮，推先父余财数百万与从昆弟，乡里益高之。"韩棱，字伯师。东汉大臣，为人耿直、忠正，讲究信义。韩棱四岁时失去父亲，养母弟以孝友之名著称。到了壮年，推让父亲的余财数百万给堂兄弟，乡里人更加称颂他风格很高。

从以上三个例子可知"孝友"的含义和由来。而"孝友念家风"，就是孝顺父母友爱兄弟，思念家和家乡的意思。所谓"家风"，简单讲就是一个家庭或家族的传统风尚。家风是立身做人的行为准则，是社会和谐的基础。好的风气能给人以好的影响，使人健康向上；坏的风气能给人以坏的影响，使人堕落变坏。

不管是好的方面还是坏的方面，都会对人们产生重要影响。近年京西门头沟区有一名叫灵水村的古村落出了名。原因是这个小小的山村，在明清两朝竟然出了22名举人，还有2名进士。灵水村现有人口200余户700余人。一个小小的山村，却出了那么多的举人，这绝非偶然，难怪人们把它称为"举人村"。几年前我专门去那里走访，经深入了解，得出一个结论：当年，村里几乎家家户户都充满了读书的风气。喜读书、爱读书；家风好、村风好。在这种情况下，中个举人什么的，也就是顺理成章的事情了。

持家遵古训，教子有义方

以上是西城区厂桥街道办事处北官房胡同2号门的一副门联。北官房胡同位于什刹海后海的南沿。其东口通银锭桥胡同，西口通后海南沿，是一条东西走向的胡同。而北官房胡同2号门，就坐落在这条胡同东口的路南。

古训为诫

上联："持家遵古训。"这使人首先想到明末清初学者朱柏庐写的《朱柏庐治家格言》。其文谆谆教诲："黎明即起，洒扫庭除……一粥一饭，当思来处不易；半丝半缕，恒念物力维艰……勿贪意外之财，勿饮过量之酒……"这篇文章自然地使我想起了过去念过的一些书和经历过的一些事。所谓书，这里是说曾读过的《三字经》《百家姓》《千字文》《名贤集》等启蒙读物；所谓事，是儿时经历过的那种贫穷清苦的生活。而文章中所叙述的要点，就是提倡勤俭持家。那就是一要勤，不能懒；二是俭，不能奢；三要廉，不能贪，

西城区什刹海北官房胡同 2 号　　1994 年 6 月 16 日

既不能贪杯狂饮，更不能贪不义之财；四要洁，洁身自好，勿赌勿放纵。勤俭持家不是一个人两个人的事，也不是一时一刻的事，而是一个家族，世世代代要传承警醒的事。一个国家，兴衰成败也关乎此。常言道："富不过三代。"不能生活刚刚好点，就忘乎所以。"历览前贤国与家，成由勤俭败由奢。"这个经验我们要记取。

燕山教子

下联："教子有义方。"出自《三字经》里的一句："窦燕山，有义方，教五子，名俱扬。"窦燕山是谁？窦燕山原名窦禹钧，五代后晋时期人，是燕山一带人，故被称为窦燕山。不少书中都记载了他的故事，比如《三字经故事》里介绍说，他出身于富裕的家庭，小时也是娇生惯养，不刻苦学习。稍长即以势压贫，明瞒暗骗，昧心行事，人品自然也不怎么样。传说忽然有一天他做了一个梦，梦见他父亲告诫他：你这样下去是不行的，不但会把自己毁了，将来也会把你的孩子都毁了，让他赶快悬崖勒马。

还好，窦燕山倒是一个知错能改的人。从此他洗心革面，对外仗义疏财、扶危济困、修桥补路，成了一方善人；对内注意教育自己的后代，呕心沥血引导他们健康成长。结果他5个儿子先后都登科及第，人称"五子登科"，后来也都做了大官，一时声名远扬，千百年来传为美谈。后来，因为这件事很感人又很有教育意义，就被收入儿童启蒙读物《三字经》中。从此这个故事便更广泛地传播开来，不但成了学堂老师教育学生的必读之物，而且也成了父母教育子女的一个榜样。而北官房胡同2号门的这副门联"持家遵古训，教子有义方"，也表达了教育子女、兴旺家族的美好愿望。

西城区宣内翠花湾13号　　2002年6月6日

勤襄国用研周礼，克振家声读鲁论

以上是西城区西长安街办事处翠花湾13号门的一副门联。翠花湾位于和平门内北新华街南段西侧新壁街西段路北。其东边的一个南口通新壁街，西边有两个出口，均通南翠花街，是一条既带半方形又走向曲折的胡同。而13号门就坐落在这条胡同的西北角路北。

翠花湾13号门，是一个十分老旧的小如意门，以前还算完整。平日大门紧闭，显得十分严谨。后来即将拆迁，门墩少了一个，门槛也没了，门下边变成了一长条黑洞，而且门上还贴了不少售房的小广告，显得很是杂乱破败。而为了拍门联，我也只好把它们全拍下来了。[1]

此门联的上联："勤襄国用研周礼。"指的是西周时期由姬旦（人称周公）辅佐其侄子周成王的故事。周公一方面忠心耿耿、尽心竭力辅佐年幼的周成王治理国家；一方面为了使国家能长治久安，他殚精竭虑为周朝制定出各种有效管理国家的典章制度。内容既丰富又全面，上至王位的继承，下至诸侯和各级官员的任

---

[1] 为保证图片效果，对原图略有加工。——编者注

免,以及君臣、父子、兄弟、亲朋等应遵守的礼仪等,都囊括其中。这些制度开创了中国各种典章制度的先河,对后世也产生了极其深远的影响。正由于此,才使得周朝从此强大起来。由此可以说,周礼的创造者就是周公。此外,在周公辅佐成王时,《尚书》中的《无逸》篇还记载了周公告诫成王的事迹,周公劝诫成王,要以殷商的灭亡为前车之鉴,勿纵情于声色,勿贪图安逸、享乐。周公还提出了以德治国和以法治国的理念,孔子所说的"为政以德"与这是相似的,但比孔子说得周全,而且也早五六百年。这就是门联"勤襄国用研周礼"的由来。

下联:"克振家声读鲁论。"这句话的意思是,每个人都想使自己的家兴旺发达,有一个好名声,然而不要忘了读读"鲁论"。这里所说的"鲁论",是指西汉初年由鲁人所传的《论语》。这是一部专门记述孔子及其弟子言行的书,内容十分广泛而深刻,如忠孝仁爱、为政以德、修身齐家、清廉守节、平和处世、勤奋节俭、待人以诚、精忠报国等,充满了儒家的仁爱思想,是千百年来士大夫们的一部必读之物,其中的优秀传统价值观至今仍被广大群众所接受。

时华新世第，古道旧家风

以上是西城区前帽胡同 5 号门的一副门联。前帽胡同原名中帽胡同，位于新街口南大街以西，东口通新街口南大街，西口通赵登禹路，是一条东西走向中间带一拐弯的胡同。其 5 号门就坐落在这条胡同东口内的路北。

这副门联反映了 1912 年 1 月 1 日清朝灭亡民国诞生时，当时老北京普通百姓对国家变化的一种心境。

上联："时华新世第。"意即时代的变迁，给人们眼前展现了一个光辉灿烂的美好前景。中国几千年旧的封建专制的体制崩溃了，代之以民主政体为体制的一个新的国家的诞生，标志着近 300 年清代皇权的龙旗，被新建立的中华民国"青天白日满地红"的旗帜取代；人们的衣着，也逐渐由长袍马褂，改成了方便的中山装，并剪掉辫子留起了清爽的文明头（分头），这一切都使人感到新奇而眼花缭乱，一派新气象。那是中国近代史上一个划时代的开始。这就是门联"时华新世第"的深刻含义。

下联："古道旧家风。""古道"，既可以指古老的道路，也可以指中国传统的文化、礼俗、信仰、生活习惯以及处世态度等。

西城区前帽胡同 5 号　2001 年 9 月 26 日

这里显然指的是后者。文天祥《正气歌》中有载："哲人日已远，典刑在夙昔。风檐展书读，古道照颜色。"这是文天祥临死前，在大都（今北京）所写的《正气歌》中的最后四句。其意思是说：先哲早已远去，但榜样一直鼓舞着我们。风虽然吹进了廊檐，但我仍把书打开读一读。古道就像一面镜子，照耀出古人的光辉指引我前进。

虽说"古道照颜色"与门联"古道旧家风"意思有所不同，但两者却都突出了"古道"二字。前者可以说反映了一个人的气节，后者可以说反映了老北京人对传统文化道德的一种固守。

这与另一副西城区惜水胡同2号门的门联"维新世界，耆旧人家"，内容极其相似。所谓"耆旧人家"，就是老北京人常说的，崇尚儒家文化、言行举止十分讲究礼节、讲究规矩的家庭，亦曰旧式人家、老式人家，从整个门联来看，他们是有文化的人，思想又有一定先进性。如果用一个人或一句话来比喻这样一个家庭的话，倒使我想起了1962年在台湾逝世的胡适，以及蒋介石送给他的那副著名的挽联："新文化中旧道德的楷模，旧伦理中新思想的师表。"此说对于大名鼎鼎的胡适来说，确实十分贴切。不过现在随着时代的进步和社会的演变，大师级的知识分子，已越来越少了。这恐怕也是我们应该深思的一个问题。

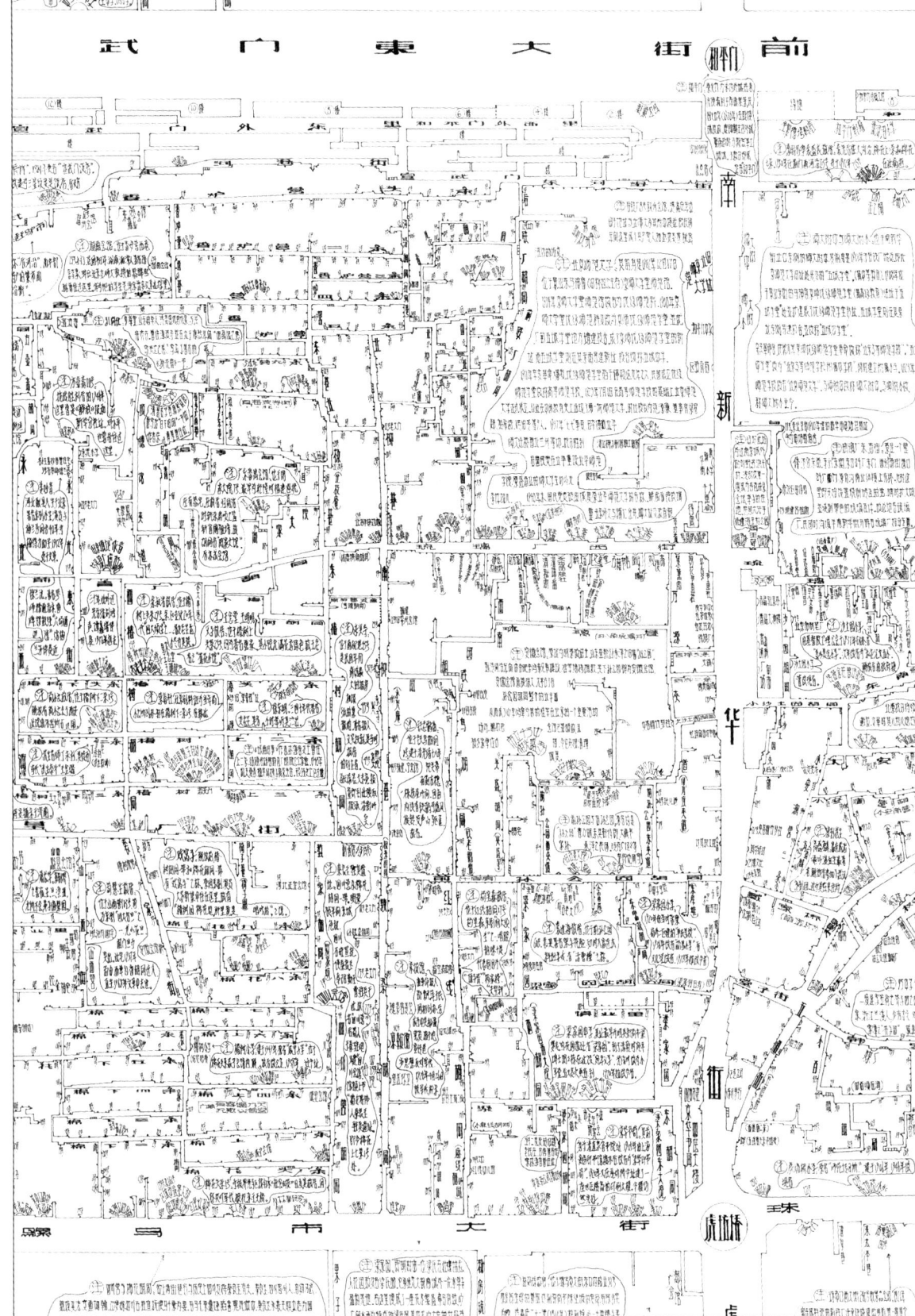

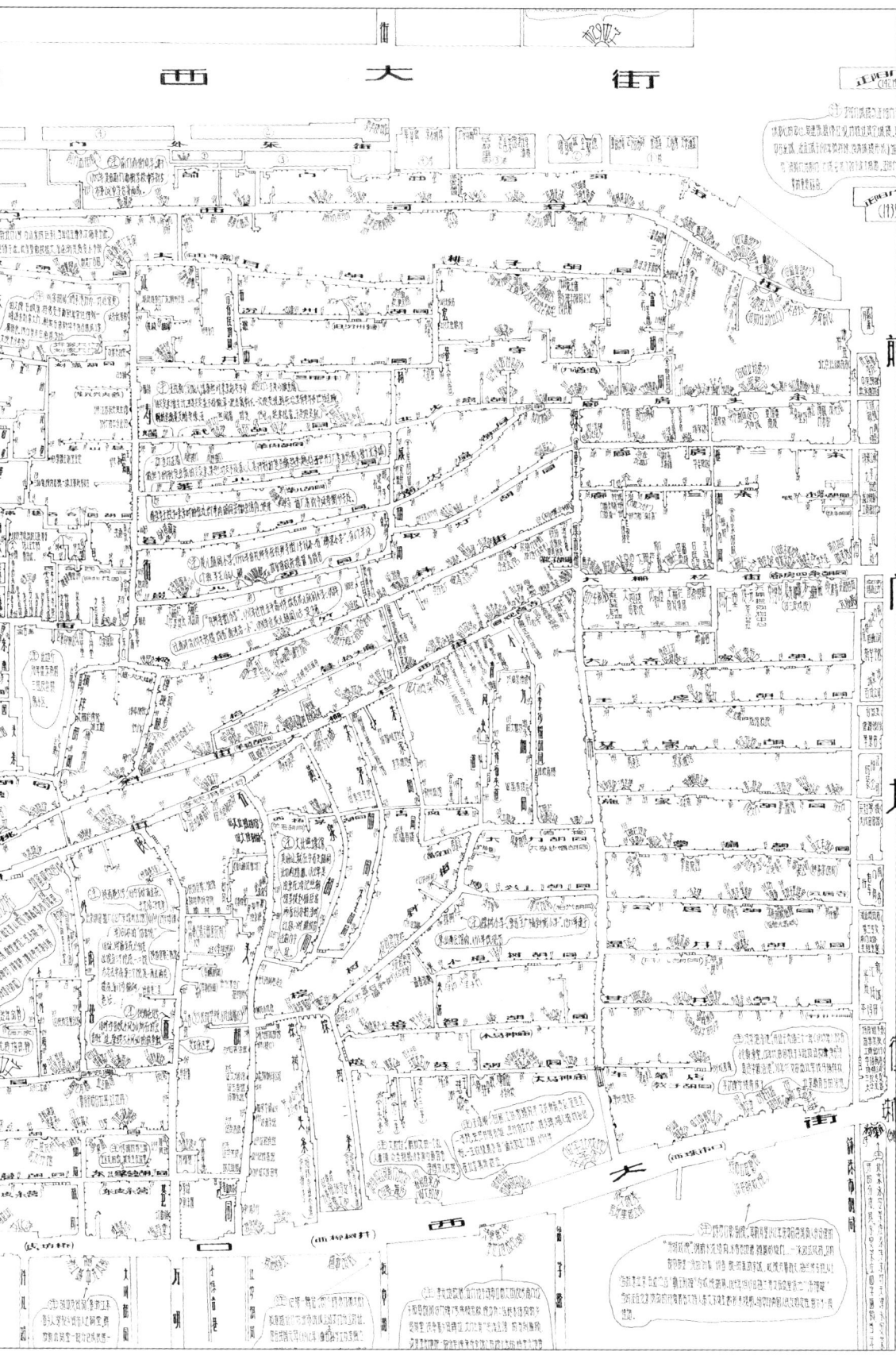

崇文区草厂八条8号　1998年5月4日

孝没家声传两晋,文章德业著三槐

以上是崇文区草厂八条8号门的一副门联。草厂八条位于前门街道办事处辖区内,北口通西兴隆街,南口通薛家湾胡同,是一条南北走向的胡同。其8号门,看上去既老旧又很一般。然而它门上雕刻的那副门联,却非比寻常。

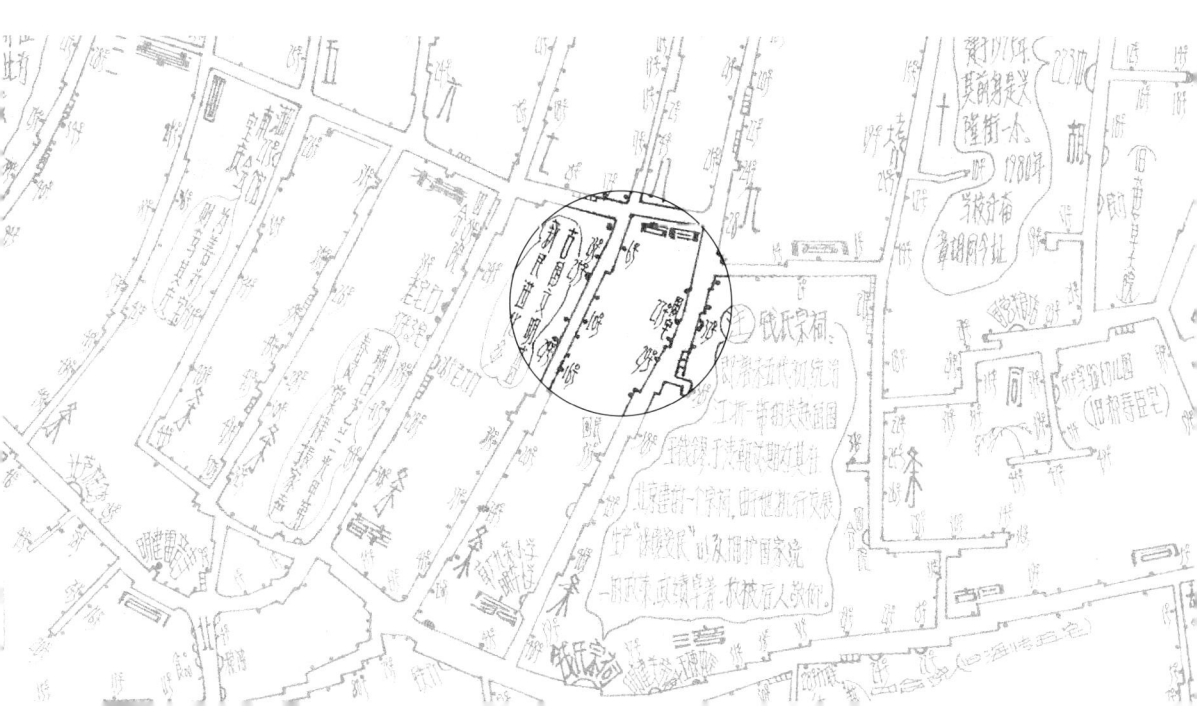

李密陈情

上联:"孝没家声传两晋。"这里边说的是1700多年前,西晋开国皇帝司马炎(司马昭之子)与李密的故事。李密,字令伯,四川彭山人,生于三国时后主刘禅的建兴二年(224)。少时曾在蜀为郎(护卫)。三国归一统后,司马炎成了晋国的皇帝,李密也是一个中年人了。李密自幼家贫,父早亡,母离去,他是祖母拉扯养大成人的,故对祖母极有感情,极孝顺,发誓一生不远离祖母,直到为其养老送终,以报答祖母对自己的养育之恩。李密的孝行早在蜀时就传开了,后来又传遍了晋国,也惊动了晋武帝司马炎。原因是在万般无奈的情况下,李密向晋武帝写了一封书信——《陈情表》,向晋武帝陈述自己供养祖母,不能应诏赴任请求辞官的原因。大致意思如下:

臣命不好,小时刚几个月,我父亲就去世了。四年后母亲又被舅舅逼迫改嫁他人,从此一去不返。祖母怜爱我,对我尽心抚养。我体弱多病,九岁时还不会走路,又孤独无依,既无叔伯,又无兄弟,每日孤孤单单形影相吊,只能与自己的影子为伴。而祖母更是病魔缠身,常年卧床,由我来侍奉汤药,从未敢离开半步。天下一统,晋朝初建。我蒙受皇帝的恩宠,太守推我为孝廉,刺史推我为秀才。可是因无人照顾我的祖母,我都推掉了。此时朝廷又下诏书,任我为郎中,随之又任我为洗马。并且郡县长官催我上路,州官登门连连督促,十万火急,刻不容缓。当时我很想立遵圣命为国效劳,但眼看着重病的祖母躺在床上无人侍奉,我百感交集,进退两难,不知如何是好。我想朝廷是以孝道来治理天下的,凡故旧老人尚且怜惜养育,何况我的情况更为特殊。而且我年轻时曾任过蜀的郎中和尚书郎的官职,图的就是仕途通达,并不顾惜名声节操。何况我现在是个亡国之俘,戴罪之身,没得处罚,反蒙提拔,而且恩泽优厚,还怎敢另有所图而抗旨不遵，实是祖母已到了西山日落的日子，生命垂危。臣下我如果没有祖母，是活不到今天的。我与祖母一生相依为命，到了这时我怎能忍心抛她而去！臣下我今年44岁，祖母已96岁了，我为陛下尽忠尽节的日子，今后还长着呢；而在祖母前尽心尽孝的日子，却屈指可数了。我现在怀着乌鸦反哺的私情，乞求皇上能容许我完成对祖母养老送终的心愿，之后我立刻奔赴京师，走马上任。活着当以牺牲生命、死了也以结草衔环来报答陛下之恩。臣下我怀着十分感激与惊恐的心情，恭敬地呈上此表，以求闻达。

当时不但一些官员看了被感动了，就是晋武帝本人也被感动了，不仅批准了其请求，而且还赐给他奴婢二人，帮助料理家务，还下令郡县供给费用。当其祖母病逝后，一切事毕，李密马上奔赴京师洛阳，走马上任。先后担任洗马、温令、太守等官职，忠实地践行了他对晋武帝的诺言。光阴荏苒，历史绵绵，1700多年前李密的孝行传遍了蜀国，也传遍了两晋；然而又有谁能知道，1700年后，李密的孝行，竟也传到了老北京的一条小胡同里。可见，人们对孝道和儒家文化的崇拜，感情是多么的深厚。

王祐植槐

下联："文章德业著三槐。"也是历史人物的故事，不过这要从堂号"三槐堂王氏"家的王祐说起。三槐王氏是王姓家族中最为枝繁叶茂的一支，从古到今人才辈出。其中一位便是王祐，字景叔，山东莘县人，生于五代时后唐同光元年（923）。先后仕于汉、周，北宋时被赵匡胤任为监察御史，兵部尚书等职。后举家迁往开封。

王祐自幼聪敏，笃志词学，善诗文，是当时很有名的一位文学家。后晋大臣桑维翰夸奖王祐文辞藻丽，宋太宗赵光义称王祐的词清节兼著。王祐做官有官才，做文有文采。重要的是，他还有好人品。太祖时，有人密告魏州节度使符彦卿谋叛，疑其有反心，太祖派王祐代之，并让他对符进行暗查是否有反心，调查清楚之后，许诺升他为宰相。王祐上任后明察暗访，最后查无实据。太祖诏问，王祐做了汇报，最后说"无此事"，并还以全家性命担保。同时还借机向太祖进言："五代之君，多因猜忌而滥杀无辜，故享国不永，愿陛下以为戒。"本来这话是王祐的一片丹心，可是太祖听了有点不高兴，感觉与原来想象的差距太大，虽然也开释了符彦卿，但把王祐改派了知襄州，至于当初许诺的宰相一职，太祖也不提了，这使得王祐在心里总感到有些别扭。一天，王祐在自家院中植槐树三株，他把这三株槐树比作三公（旧时五个最高的爵位即公、侯、伯、子、男），并对着这三棵树言："我子孙中必有位三公者。"言下之意是，我虽没登上相位，但我子孙必有登上相位的。王祐有三个儿子：大儿王懿、二儿王旦、三儿王旭。果然到了宋真宗时，王祐的二子王旦，因才能出众，真的当上了宰相。自此王家名声大振，而且随着时间的推移，其名声也绵延至今。

综上所述，这就是以上这副门联的下联"文章德业著三槐"的由来。由此看来，生活在社会上，如果一个人不知努力又没点才，那是难当大任难成大业的。然而没有德更不行，没德无以为人。不管地位多高、学问多大，如果没有德，甚至做出一些缺德、少德的事情来，到头来只能自毁其身、自取其辱，最终落得个身败名裂的下场。这一点已被历史和现实证实。看来弘扬孝道，期望自家的子孙繁衍兴盛如同三槐王氏那样贤良济济，是这副门联的美好寄托了。

林花经雨香犹在，芳草留人意自闲

以上是崇文区草厂三条13号门的一副门联。草厂三条位于前门大街东侧前门街道办事处辖区内，其北口通西兴隆街，南口通北芦草园胡同，是一条南北走向的胡同。其13号门，就坐落在这条胡同偏北的路西。

草厂三条13号门的这副门联，是一副集宋诗句联。上联一句取自北宋著名宰相寇准的一首诗；下联一句取自北宋著名文学家欧阳修的一首诗。上、下两句相合，即成此联。

名相寇准

寇准，陕西华州人。生于公元961年，即宋太祖赵匡胤建立宋朝的第二年。寇准自幼好学，极聪明。少年登山时就写出了这样的诗："只有天在上，更无山与齐。举头红日近，俯首白云低。"寇准考取进士时不到20岁。先后担任大理评事，巴东知县、谏议大夫、枢密副使等职。由于他为人正直、敢言又很有智谋，因此

最美乡愁　崇文区草厂三条13号　1998年5月7日

为太宗所倚重，把他比作唐时的魏征。景德元年（1004）升任宰相，时宋真宗赵恒早已继位，契丹南侵，众臣惊骇。此时朝中部分大臣以王钦若为首，主张并怂恿真宗南迁，遭到寇准坚决反对。寇准认为国难当头，只有上下一心共同抵抗，才能扭转战局，如果则弃城南逃，敌人就会乘虚而入，国家也就危在旦夕了。宋真宗听了寇准这么一说，认为有道理，于是就按寇准的主张，披挂上阵御驾亲征。前线战士也是情绪高涨，奋勇杀敌，加之契丹领军的一员大将被宋军射杀，敌军乱了阵脚，竟逼得他们遣使与宋廷讲起和来了。真宗一看这情况，见好就收，可是万万没想到的是，竟与契丹订了个每年要向辽输银10万两、绢20万匹的"澶渊之盟"。然而从后来历史的发展来看，"澶渊之盟"签订之后，给国家带来的好处整体上是合算的。

第一，不用劳民伤财南迁了，这要给国家节省多少银子，而且还保住了宋王朝的江山社稷。

第二，结束了宋辽间几十年的战争状态，使边境地区从此处于相对稳定的和平状态，当地的生产和双边贸易也都得到了发展，同时也促进了民族间的交流与融合。

第三，"澶渊之盟"使宋辽保持了长达70年的"和平共处"，尤其对于北宋来说，意义重大。直到金人入侵之前，它都得到了全面发展。著名的《清明上河图》就是这时出现的。

综上所述，可见寇准在这个问题上是立了大功了。然而却引起了当初主张逃跑的一些大臣的忌妒。他们互相勾结，纷纷向真宗进谗言，说寇准的坏话。在这种情况下，真宗先后两次罢了寇准的宰相之职，先贬为陕州知州；后一次贬至广东雷州。此时寇准已62岁了，加上当地环境恶劣，生活艰难，他的身体很快垮了下来，次年秋便在忧郁中病逝了。可叹刚正不阿、一生清正廉洁的北宋一代名相，就这样凄苦地离开了人间。然而有谁会想到，当年寇准在"流放"中所写的《春晚书事》中的一句诗，1000多年后，竟成了老北京胡同里一户人家的门联（上联）："林花经雨香犹在"。其诗全文如下：

> 春尽江天景寂寥，思乡还共楚云遥。
> 林花经雨香犹在，堤柳无风絮自飘。
> 水国独惭临县邑，烟郊争合负渔樵。
> 青梅时节迟归计，且逐馀芳蠏酒瓢。

诗是心之声，这正像寇准本人那样，不管风吹浪打，一身正气、刚正不阿、世代相传。这又与另一位爱国诗人陆游所写的《卜算子》中"无意苦争春，一任群芳妒。零落成泥碾作尘，只有香如故"意境又是何等相似！

欧阳修《再至西都》

下联："芳草留人意自闲。"取自欧阳修的《再至西都》的诗中。此诗全文如下：

> 伊川不到十年间，鱼鸟今应怪我还。
> 浪得浮名销壮节，羞将白发见青山。
> 野花向客开如笑，芳草留人意自闲。
> 却到谢公题壁处，向风清泪独潸潸。

欧阳修，北宋杰出文学家。字永叔，号醉翁，江西庐陵人。天圣八年（1030）甲科进士。他博览群书，以文章冠天下，是北宋诗文革新运动领袖。其《醉翁亭记》等作，最为有名。诗中的"谢公"指的是宋大臣谢绛。

以上这首诗，是在北宋庆历四年（1044）欧阳修离开西都洛阳近10年后，奉命巡视河东路，途经洛阳旧地重游时所写的一首怀念故旧的诗。诗中以鱼鸟、野花、芳草等这些自然景色来衬托自己的心境，并通过浪得浮名、白发、清泪这些词句，感叹时光的流逝、人生的沉浮和对故人的怀念。其中"芳草留人意自闲"，意思就是：美丽的香草啊，看到你就使人流连忘返不忍离去，而且我的心境也一下变得闲静下来。

崇文区草厂七条43号　　1998年5月11日

瑞日芝兰光甲第，春风棠棣振家声

以上是崇文区前门街道办事处草厂七条南口43号门的一副门联。草厂七条位于崇文区西北部，北口通西兴隆街，南口通北桥湾街，是一条南北走向的胡同。

那是1998年5月11日的上午，当我走访到这条胡同的南口时，发现路西一座小如意门敞开着，往里一看，一座关闭着的二道小门和门上雕刻的门联，引起了我的注意。当时我喊了两声："您院里有人吗？"无人应答，我只好轻手轻脚地走了进去。原来这副门联是用楷书雕刻的，字体非常隽秀、美丽，很令人喜爱。我反复端详了很久，终于把它全部确认并抄录了下来。

当时，这座二道小门已十分老旧，门板的色彩已全部不见，只剩下了它的本色。门钹也只剩下了一个。两扇门也一高一低错落着。门槛虽在，但上面裸露的木纹清晰可见，好像七八十岁老人额头的皱纹。一对方形的小门墩倒完好无损，尤其是门墩上雕刻的那个大蝙蝠，口中还衔着一条长长的彩带，寓意这家宅院的主人"福寿绵长"，十分生动。然而更使人感到意外的是，就在这小小一段近似破落、清冷的过道里，一簇碧绿的枝叶从一侧石碑的墙角下蔓延了出来，郁郁葱葱很有生气。当时我想，这也许正象征着当年这家主人的精神面貌。因为我们从他们的老门联中，已可以看出这点，而那也正是他们青春年华努力奋发的好时候。

上联："瑞日芝兰光甲第。""瑞日"，即吉祥的日子。"芝兰"，即芝草与兰花，古人称瑞草，就是象征吉祥之草，品质优良之草。据《孔子家语·在厄》里讲："芝兰生于深林，不以无人而不芳。"意思是说，芝兰都生长在深山老林里，虽然人迹罕至，可是它们不因为没人到此，就不再开出美丽的花，就不再散发出沁人心脾的香味来。如果把它们比喻为人的话，就是说做人要老实诚恳，不管在什么地方，不管有人没人，有领导没领导，该干什么就干什么，该怎么干就怎么干，认真负责，一丝不苟。故古人一向把芝兰看作人间君子，而同时又把人间君子比作植物界百花园中的芝兰。而此门联比喻的应是这个家庭中的子孙。"光甲第"中的"甲第"，既可以指大户人家的宅第，也可理解为"进士及第"的第，良好的品行，如同中了进士、状元一般，都会给自己的家庭带来很大荣誉。

下联："春风棠棣振家声。""春"，一年四季中第一个季节，也是一年中最美好的时光，"一年之计在于春"，春天是大地披绿、万物生发之时，也代表人在青春年少时，正是努力学习、努力奋发的好时刻。"春风"，也是一个美好的象征，人们经常说"春风得意"，得意之时也就是最高兴的时候，自然满心欢喜、满脸笑容、满面春风。"棠棣"，一种落叶乔木，其花黄色，果实为黑色，球形。《诗经·小雅》载："棠棣之华，鄂不韡韡，凡今之人，莫如兄弟。"其意思是：棠棣花开得很有光彩，花瓣也生长得很茂盛，花瓣紧托着花朵，花朵紧紧依靠着瓣，两者互相依存、互相依靠，亲密无间，就如同亲兄弟一样。故后人常常把一些亲密的朋友、互相很要好的人,称为棠棣。至于一奶同胞兄弟,就更是如此了。

下联"春风棠棣振家声"与上联"瑞日芝兰光甲第"意思是相近、想通的,都是期盼家庭祥和、家品如兰,家风高尚。

崇文区草厂头条 3 号　　1998 年 5 月 12 日

颖水潆洄绵世泽，川原缭绕映春晖

以上是崇文区草厂头条3号门的一副门联。草厂头条位于西兴隆街西头路南。其北口通西兴隆街，南口拐一个弯通草厂二条，大体上是一条南北向的胡同。其3号门就位于这条胡同北口内路西。

门联："颖水潆洄绵世泽，川原缭绕映春晖。"这是一副赞誉家乡大自然美好并感谢家乡水土养育恩泽的门联。

颖水，指的是今河南颖河。它发源于河南嵩山，东南流经安徽，流入淮河，是淮河最大的一个支流。颖水又称颖河、颖川，春秋初郑国大将颖考叔就被分封在这里。

颖水又是中国古代钟氏家族的发源地。钟氏古时出自嬴姓，原发源于安徽境内，周时曾被封为钟离国，春秋时被楚吞并，后移至河南，其中以迁入颖川的钟氏为最多，后来逐步发展为全国钟氏家族的中心。钟氏家族虽在姓氏中占很少数，但在中国历史上，却也有一些钟姓人的著名人物和故事，其中除三国时魏大臣钟繇、唐大臣钟传等人外，最出名的有两位，即钟离春和钟子期。

钟离春——貌丑皇后才华溢

钟离春,战国时齐国无盐人,故又名钟无盐。名字虽美,但人长得很丑。钟离春的故事很多书中都有,其中《中国历史人物词典》就提到,钟离春40岁时仍未能出嫁,然而她很有才华。当时正是齐宣王执政,国内相对平静,于是日日歌舞,夜夜欢声,追求享乐腐败之风日见端倪。看到这种情况,很有头脑的钟离春非常不安,她左思右想,于是下定决心冒死去求见齐宣王。见到齐宣王后,她首先向齐宣王陈述当年齐国开疆拓土建国之不易,继之又讲当前齐国存在四点危难,并提出在这种情况下,如果再不悬崖勒马,随之而来的将是国破家亡,到那时可就说什么都晚了……齐宣王听了钟离春的这一番陈述,几乎被吓出一身冷汗。这话说得可真是头头是道、条条是理,句句都有千斤之重,心里既佩服,又大感意外。没想到就是这样一个其貌不扬的弱女子,竟有这样大的才华和魄力,真是难得啊!于是他幡然改悔,立刻下令:拆渐台、罢女乐、退谄谀、进直言、选兵马、实府库……并且也不嫌钟离春长得丑,情人眼里出西施,竟把她娶了过来立为王后,从此齐国大安,天下和顺。

钟子期——伯牙摔琴谢知音

钟子期,战国时楚国人,精音律,有学识,但不愿做官,为当时楚国著名隐士,一生以砍柴务农为生,逍遥自在,而且为人正派,重友情。伯牙子期的故事流传很广,人们熟知的可能就是《警世通言》里提到的了。相传有一天,钟子期砍柴回家天已近晚,蒙蒙细雨中正走到江边，忽然听到江上一小船内，传出阵阵优美的琴声。"这琴可弹得太好了。"钟子期被这琴声牢牢地吸引住了，他静静地倾听，全神贯注，把站在蒙蒙细雨中的自己完全忘掉了……也不知过了多长时间，琴声戛然而止。随后从船舱内走出一个人来，站在船头，面向钟子期，两手抱拳高高拱起："小弟不才，献丑了，请仁兄多多指教。"原来说这话的人，就是在船舱内弹琴的伯牙。"不敢不敢，这琴声太美妙了。"于是两人便开始攀谈起来，而且越谈越投机，大有相见恨晚之感，最后两人竟发誓结拜成了兄弟，成了莫逆之交。时间很快地过去了，此时夜已过半，临别时他俩约定：到明年八月十五日的那天傍晚，两人还在此处相见。随后，两人拱手而别。

时间很快就过去了，转眼已到了约定的这一天。伯牙跋山涉水，终于按时又来到了一年前与钟子期相约的地方。然而他左等也不见人来，右等也不见人来，再一打听，原来钟子期已于半年前因病去世了。伯牙立刻随村中老伯找到钟子期的坟墓，望着孤零零的坟墓，想起一年前与钟子期在此会面时的情景，伯牙禁不住痛哭起来。随后他取出瑶琴，站在墓前，眼含泪水弹起了他那往日的"高山流水"……弹罢，他突然拨断琴弦，随后把瑶琴向青石上猛地一摔，琴立刻被摔了个粉碎，高声哭唱道："摔碎瑶琴凤尾寒，子期不在对谁弹？春风满面皆朋友，欲觅知音难上难。"

说罢，伯牙怏怏而去。从此在中国历史上，给人留下了一个"伯牙摔琴谢知音"的动人故事。为了纪念这两位贤者，后人特在武汉马鞍山江边，修建了钟子期墓、伯牙与钟子期的雕像，以及"高山流水"石牌坊等，成了人们参观、学习古人优良品格的好去处。

经营不让陶朱富，贸易常存管鲍风

以上是崇文区珠市口东大街路北249号门的一副门联。此门联由于各种原因的毁损，已模糊不清，后在人们的帮助下，才勉强认了出来。据住在本院的人讲，此宅原是开"德成厚"皮局子王家的宅子，王有文化，曾在崇文区商会任职，这使我立刻感到了此门联的不同一般。249号门位于珠市口东大街的中部，它的东边不远处，就是三里河故道有名的南、北桥湾街，是珠市口东大街最热闹的一段。

陶朱公范蠡

上联："经营不让陶朱富。""陶朱"，即陶朱公，就是春秋时期曾辅佐越王勾践的越大夫范蠡。范蠡，字少伯，原是楚国人，与文种同职。当年越为吴国所败，范蠡曾随勾践一同赴吴为人质两年。回越后帮助越王勾践"卧薪尝胆"发愤图强，最终灭掉了吴国。

崇文区珠市口东大街路北 249 号　　1998 年 5 月 13 日

在庆功会上群臣欢悦喜笑，而唯独勾践眉头紧皱、一语不发。见到这种情况再联系到以往对勾践的了解，范蠡意识到与勾践只能共患难，而不能同安乐。于是他拒绝了勾践与其"共分越国"的报偿，急流勇退远离了朝廷，从此隐姓埋名去了齐国。到齐后，他立即给文种写信，让他早早离开越王，以免遭杀身之祸。但文种迟迟没有行动，最后终于被勾践以意欲谋反作乱赐死，正中了范蠡所言。

范蠡不但是一位很有远见的政治家，而且对理财也很有一套。很多书都提到了他的故事，《范蠡研究文集》中就有介绍。他到齐国后，首先把自己的名字改称鸱夷子皮，以务农为业，不久即致产数十万。齐国人闻其贤，推其为相。不久，范蠡深感家财千金，居官至相，久受尊名不是好事，于是他又一次辞官，尽散家财，怀重宝再一次出走,来到了一个叫陶的地方,从此定居下来,并开始经商,当地人称其为陶朱公。不久范蠡又积财巨万,后来他也终老于此。然而直到这时,有些人也不知道这位知进知退、买卖公平、乐善好施的陶朱公,原来就是当年越国大夫、大名鼎鼎的范蠡。由于范蠡既懂政治,又会经商做买卖,所以后人尊称他为"商圣"。为了纪念这位在历史上做出了不平凡事迹的人物,如今在范蠡的家乡河南省南阳市(古称宛),已建起了占地200多亩的"商圣苑",并在淅川县建立了"范蠡公园"。

贤者鲍叔牙

下联:"贸易常存管鲍风。""管鲍",这里指的就是春秋时期的管仲与鲍叔牙。管仲,名管夷吾,字仲,春秋时杰出政治家,少时与鲍叔牙交好。齐桓公即位,任鲍叔牙为相,鲍叔牙坚辞不就,他推管仲为相。后经管仲治理,齐国大振,成了春秋时期第一位霸主。这可是一件很了不起的事情,然而管仲却说:"生我者父母,知我者鲍子也。"鲍子,就是鲍叔牙,春秋时齐国大夫,以知人著称。少时与管仲友善,后因齐乱,随公子小白出奔至莒。而此时管仲则随公子纠出奔至鲁。齐襄公被杀,纠与小白争夺王位。小白胜遂即位,是为齐桓公。于是齐桓公就任曾跟随他出走的鲍叔牙为相。正如前面所说的,此时鲍叔牙坚辞不就,并反保举管仲为相。这一下齐桓公可就糊涂了,管仲可是站在我们敌人公子纠一边的,况且在争夺王位的战斗中,管仲还射了我一箭,差点没把我射死,如今你反倒要把相位推掉让给他做,是何道理?

其实鲍叔牙没把这些看在眼里,也没记在心上,他看重和敬佩的是管仲的超人智慧和才干。鲍叔牙不但没把当官、掌不掌权看在眼里，而且也从没把钱放在眼里。因为早在鲍叔牙与管仲合伙做生意时，每次结账下来，管仲都要明着暗着多拿点。鲍叔牙对此也心知肚明，但从不生气也不说什么。可是天长日久，别人看不过去了，并问鲍叔牙原因，为他鸣不平。然而鲍叔牙听后一笑，向他们解释说："他家很穷，而且还有一个老母亲由他供养。很不容易！"话中不但对管仲没有一点怨气，反倒充满了同情。听了这话，很多人深受感动，连连称赞鲍叔牙人品高尚。后来在鲍叔牙的极力推荐下，管仲终于当了齐国宰相，而鲍叔牙甘愿担当管仲领导下的一个下属。然而他们之间的友谊，却始终如一，被后人赞美为"管鲍之交"，成为人们学习的榜样。孔子曾评价管仲说："桓公九合诸侯，不以兵车，管仲之力也。如其仁！如其仁！"意思是说：齐桓公多次合聚诸侯，不是用武力用战争的强迫手段，而是用和平和智慧的手段进行的，这里是管仲出的力。真仁义！真仁义！而孔子对鲍叔牙更是崇敬有加，《孔子家语》中提到，孔子说鲍叔牙是一个真正的贤人。由此可以看出，鲍叔牙的道德人品是多么的高尚。这就是门联"贸易常存管鲍风"的由来。

崇文区花市中三条 48 号

鹤质清标千古寿，鸣时高澈九霄云

以上是崇文区花市中三条48号门的一副门联。花市中三条位于东花市街道办事处辖区内。其东口通北小市口街，并隔街与花市下三条西口相对。西口通北羊市口街，并隔街与花市上三条相对，是一条东西走向的胡同。其48号门就坐落在这条胡同的中间偏西路南。

上联"鹤质清标千古寿"，是说鹤既有着很好的外表，又有着很好的内在品质，而且它也是一种长寿之物。鹤在我国有很多种，其中以丹顶鹤最为珍贵，属于大型涉禽，是国家一级保护动物。其喙、颈、腿都很长。成年鹤站立时，一般都有一米多高。它的颈下部和尾部为黑色，头顶为红色，其余为雪白色。它举止优雅，仪态大方，一旦雄雌相交便永远相伴相随，一生情笃意坚永不分离。它们从不打扰人类的生活，故远离人类的聚集地，只到有水草和河滩湿地的一些地方去生活。它们也不与异类为故，只是按照季节的变化冬去春来不远万里去寻找适合自己生存的地方栖息。鹤的寿命一般为60年，比起其他动物算是很长寿的了。西汉思想家、文学家淮南王刘安，在他的《淮南子》中就有"鹤寿千岁"之说。

五代十国时蜀王王建在《闲说》诗中，也有这样的说法："鹤寿千年也未神。"虽然这些说法都有些夸张，但从中可以看出鹤在人们心目中的地位。故从古至今，很多画家都有以鹤和松为题材的画作——松鹤延年，以表达一种祝福。鹤，又被人们称为"仙鹤"。中国道家早已把鹤看成了成仙的象征，因为鹤清爽美丽的外表和它那飘逸的形象与道家心目中的"仙"是一致的。自此，在古代仙鹤作为仙人的坐骑，就出现在了神仙的画面上。

下联："鸣时高澈①九霄云。"这里说的是鹤鸣，鹤一般不鸣。据《诗经·鹤鸣》载："鹤鸣于九皋，声闻于天。"意思是，鹤一般在天空和有水草的高地鸣叫，天底下全能听到。鹤的鸣声既清澈洪亮，又悠远绵长。故鹤的鸣声，既能给人带来欢快，有时也能给人带来一种淡淡的愁绪。尤其到了秋风阵阵、秋雨绵绵的秋天，在群鸟南归的季节，如果空中忽然传出阵阵悠长的鹤鸣声，那是很容易使人触景生情，勾起人们对人生的种种遐想的。所谓"风声鹤唳"，可能也是被这种意境感染了的。唐代著名文学家杜牧，曾在自己写的《鹤》诗中写道：

清音迎晓月，愁思立寒蒲。
丹顶西施颊，霜毛四皓须。

这几句诗的大意是说，仙鹤迎着早晨的月亮在鸣叫，它忧郁地立在那寒冷的蒲水中，头上的红顶就像是西施的面颊，洁白的羽毛又像是四皓①的胡须。这里不是诗人产生了愁绪，而是诗人看到

---

①澈：疑应为彻（徹）。——编者注

伫立寒水中的鹤产生的愁绪。那么这美丽的鹤到底愁什么呢？是鹤伫立在水中感觉寒冷想有一个温暖的家，还是长途跋涉又累又饿很想吃点东西，或者说下一站飞到哪儿去才能有美好的生活……这一点，恐怕鹤自己也不太清楚，而诗人也就更不知道了。

---

①四皓：又称商山四皓。出自《史记·留侯世家》，是秦始皇70名博士官中的4位。一曰东园公唐秉；二曰夏黄公崔广；三曰绮里季吴实；四曰角里先生周术。他们都是因避秦始皇焚书坑儒之害，而到陕西商县东南的商山中来隐居的。当时他们都已是80来岁的人了，个个满头白发，又因隐居在商山，故人称"商山四皓"。

栽培心上地，涵养性中天

以上是崇文区东花市上堂子胡同20号门的一副门联。上堂子胡同位于东花市大街南侧，其西口通南羊市口街，东口与下堂子

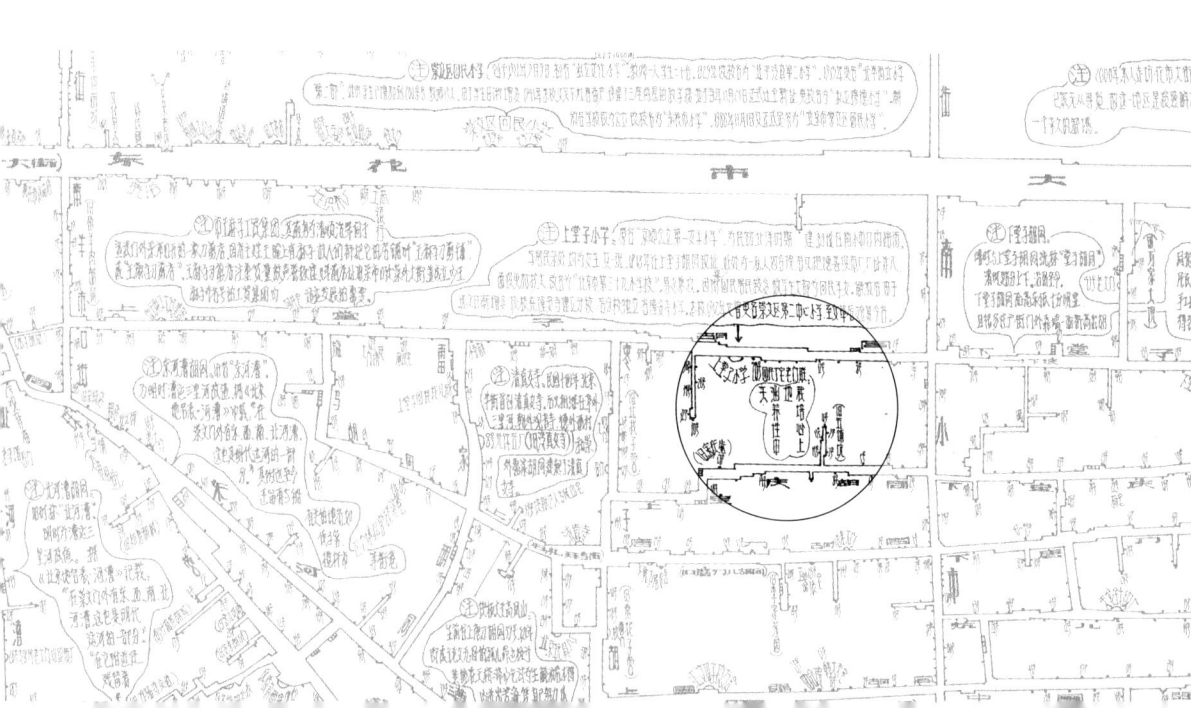

胡同相连，是一条东西向比较长的胡同。20号门就坐落在这条胡同南侧，其西紧挨上堂子胡同小学。据《北京市崇文区地名志》载："该地回族居民较多，大部是劳动者，有少数从事古玩的富商。"而20号正是这样一户人家。

回族为中国的少数民族之一。在北京，元时回民主要居住在东四、西四以及牛街清真寺一带。明建外城后，回民逐渐向外延伸。清入关后实行八旗分治，将内城原住民尽驱外城，而此时外城内的牛街，就成了北京回民最集中的居住地，其余的人多分住在外城各地。后来就逐渐形成了回民在全市内共有50多个聚居点的情况。而崇文区上堂子胡同20号门，应该就是这50多个回民聚居点中的一户。不论回族还是汉族，生活在中华大地上，同样受到了儒家文化的熏陶，这户人家门上雕刻的门联也带有儒家文化的特色："栽培心上地，涵养性中天。"

所谓"心上地"，意思就是平常人们所说的"心地""心田"，是人们所思所想之处。既然我们把自己的心看成是我们心上的一块田地，那么我们就应该很好地去保护它，培栽它，既不能使它荒废，更不能使它受到污染而变坏。实际上也就是儒家所说的"修身"二字。身同心，心不正身自歪，心正身自直。所以《朱子全书·学二》上说："自古圣贤，皆以心地为本。"也就是说，自古以来，不管是圣人还是贤者，无不以先修身为做人的根本。如果这一点做不到，或者做歪了、邪了，那么齐家、治国、平天下，就无从谈起。

所谓"涵养"，也可说是教养，就是遇事能控制自己的情绪，冷静、沉着、能包容。不强词夺理、不先声夺人，识大体，知退让，言谈端庄有礼，以理服人。这一点，也是从修身得来的。不过能做到这一点,也是很难的。这副门联教育我们的就是这个道理,要修心养性,涵养性情。

崇文区东花市上堂子胡同 20 号　　2003 年 3 月 23 日

斯文逢盛世，景祚喜禹期

以上是崇文区龙须沟路15号门的一副门联。龙须沟路位于天坛北门外的东侧。它的东口通西园子一巷，西口通西园子四巷，是一条东西走向的胡同。而15号门就坐落在这条胡同偏东路北。

上联："斯文逢盛世。""斯文"，指文人、文明、文雅、文化和古代的一些礼乐制度。《论语·子罕》载，孔子曰："文王既没，文不在兹乎？天之将丧斯文也，后死者不得与于斯文也；天之未丧斯文也，匡人其如予何？"意思是说，周文王已死，周代的礼乐文化不都体现在我身上了吗？天如果想消灭这种文化，那我就掌握不了它了；天如果不消灭这种文化，那么不合正道的匡人，又能把我怎样呢？这里，孔子突出地提到了"文化"二字。那么"文化"到底又该如何解释？

一般来说，文化就是人类创造的物质与精神财富的总和。而这里又是特指精神财富。比如说一张纸，它就是一张纸，你不能说它是文化。但如果有人在这张纸上画出了一幅好画，或者把一张纸剪成了一幅非常美丽的花鸟图案，那么这张纸就不能说是一张纸，而应该说是一幅画或一幅剪纸了。因为这里面经过人们的劳动和创造精神，已然改变了它的性质，就产生了文化。而"斯文逢盛世"，简单说，就是文化的发展，正好遇上了一个国家兴盛的好时候。反过来说，也只有太平盛世，才能使文化得到很好的发展，其实不只文化，农业、工商业等各个方面也是如此。例如，西汉时的"文景之治"、东汉时的"光武中兴"、唐朝时的"开元盛世"、清朝时的"康乾盛世"等都反映了这点。

下联："景祚喜禹期。"《旧唐书》中有："凶徒竟毙，景祚重延。"其中"景"，指的就是西汉景帝刘启。刘启是汉文帝刘恒的儿子。刘恒死后，刘启继承帝位，是为汉景帝。汉景帝继续采取文帝时轻徭薄赋、发展生产、休养生息等一系列政策，使国家的发展进一步增强。然而就在这时，也就是在汉景帝三年（前154），同姓王以吴王刘濞为首的一伙发起了七国叛乱。汉景帝当机立断，采取果断措施，派老将周亚夫前去平叛。不到三个月，即将叛乱彻底平复。刘濞逃往东越，被当地人杀死。这就是"凶徒竟毙，景祚重延"的由来，意思是说，凶恶的叛徒都给打死了，汉景帝继续执政，并且继续执行原有的发展生产等方针政策。又经过一些年，经济的发展就达到了空前高度，国库丰盈，粮食如山，而且文化也得到很大发展。秦始皇没烧尽的古书，又在市面大量出现，而且政府广开献书之路，搜求各种珍贵书籍……正由于此，故后人仰慕文、景二帝功德，把这一时期称为"文景之治"。"文景之治"不但给当时百姓带来恩泽，同时也给后来汉武帝加强中央集权、开疆拓土、创建文治武功的事业，打下了坚实的基础。

至于"喜禹期"，这是中华民族对大禹治水精神的一种崇拜和敬仰。古人崇拜先贤，这是历史上任何一个贤明的君主和贤明的人士所共有的一种品德。孔子很崇拜大禹，认为没有大禹，我们都要成为鱼鳖。诸葛亮崇拜周文王，认为周文王撑江山，周室才大振，并且还说，我诸葛怎比得前辈的先生。这是何等谦虚！西汉有一个著名的人物小名叫"犬子"的，因为他崇拜战国时的赵国大臣蔺相如，竟把自己的名字改称为司马相如。如果把今日的"追星"，拿来与以上这些古人对先贤的崇拜比，足见其盲目性，甚至有的为此而真的把自己亲生父亲的生命都舍掉了。因此对这些盲目追星族，尤其是青少年而言，应加强思想道德引导，增强其理性判别能力，树立良好、高尚的价值观。

崇文区南芦草园胡同12号　　2001年12月7日

忠厚培元气，诗书发异香

以上是崇文区南芦草园胡同12号门的一副门联。南芦草园胡同位于珠市口东大街中部以北，它的东口通北桥湾街，西口通得丰东巷，是一条由东南向西北有点倾斜走向的胡同。其12号门就坐落在这条胡同东口内不远的路南。

上联："忠厚培元气。"从上联中我们可以得知，忠厚待人是指一个人做了好事，不但于人有利，也于己有益。所谓元气，就是指一个人，或是一个家庭、一个团体、一个国家的生命力。生命力强，寿命就长；生命力弱，寿命就短。"人之寿夭在元气，国之长短在风俗。"也正是由于此，要想使生命力强，不但要我们自己倍加珍惜、爱护，而且更要经过艰苦的磨炼。而忠厚待人又是我们培养自己元气的方法之一。

传说中国古代彭祖活了将近800岁，可谓生命力极强，然而不管彭祖是怎样擅长养生之道与长寿之术，近800岁寿命也是不可想象的事。孔子提倡"居处恭、执事敬、与人忠"。这点，大体与此门联的内容相通。孔子虽然只活了72岁，难与彭祖相比，但在当时来说，也算是长寿的人了。况且孔子的后代，一代一代，据有史可查的，从春秋历经 2500 多年，到现在仍然有家谱记载，已经传到了七十几代孙，可谓是中国历史上谱系最长的家族之一。这一点虽不能说它都源于孔子忠厚待人的教导，但也绝不是没什么关系。

　　下联："诗书发异香。"意思是说，诗书虽非鲜花，然而其所发出的香气，是任何其他鲜花所不可比拟的。因为花香只能让人一闻而过而已，而后随风飘散而去。而诗书发出的那种异香——墨香，却能通过人的书写与阅读，把那种异香渗透到人的心灵里。常言道："腹有诗书气自华。"说的就是这个道理。因此，要想诗书发出异香，关键是要让人们养成热爱读书、认真读书的一个良好习惯。因为热爱读书与不热爱读书，对于一个人的一生来说，无论从学识、

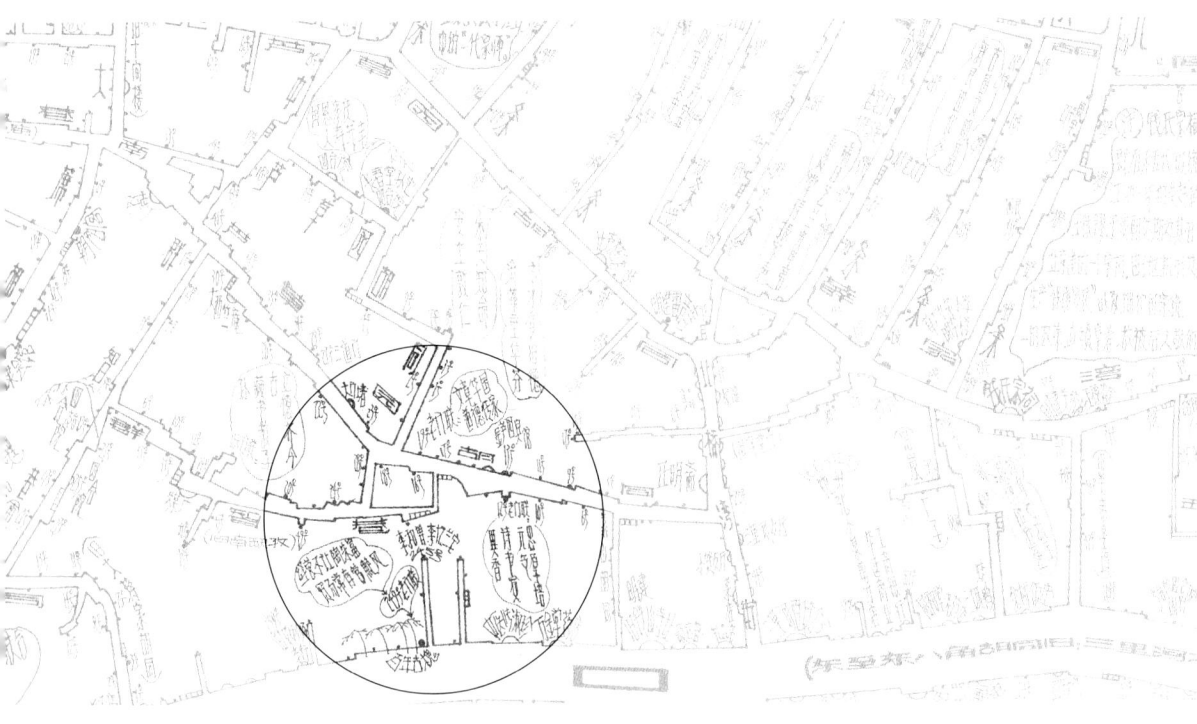

智慧、能力、修养、人品、公德、文明等方面来说，都有着巨大差别。明代吴麟征《家诫要言》说："多读书达观古今。"也就是说，多读些书能使人了解很多古今中外的知识，使人能明是非、辨曲直，分清好与坏，选择好的，避免坏的。同时《家诫要言》还说："多读书则气清，气清则神正，神正则吉祥出焉，自天佑之；读书少则身暇，身暇则邪间，邪间则过恶作焉，忧患及之。"意思是说：多读书神清气正，神清气正就能保吉祥平安；读书少就感到空闲无聊，闲得无聊就该想邪的了，如果想邪的想过了头并付诸行动，那么等待你的必将是麻烦和忧患。由此看来，热爱读书对于每个人、每个家庭来说，都有着非常重要的作用。但愿人人、家家，都热爱读书并坚持读书，让书发出沁人心脾的异香来。所谓"书香门第"，那是很令人羡慕和敬佩的家庭。

崇文区花市中四条53号　　1998年7月2日

百代醇儒商，千秋积善家

以上是崇文区花市中四条53号门的一副门联。花市中四条位于东花市街道办事处辖区内。它的南侧紧临东花市大街，其西通北羊市口街，其东通北小市口街，是一条东西走向的胡同。其53号门就坐落在这条胡同的中间路北。

其门联"百代醇儒商，千秋积善家"中的"百代"与"千秋"，是两个名词，指时代的久远。醇，通纯、淳，指一尘不染，淳朴民风等。"醇儒商"，就是崇尚儒家文化又很有学识的商人。如我国古代春秋时期著名的儒者，孔子的学生、富而好礼的子贡；春秋时期曾做过越大夫、知进知退、乐善好施、被人称为"商圣"的范蠡；战国时期主张"人弃我取，人取我与"，号称"商祖"的白圭。近代，晚清富可敌国的商人、坚持买卖中"戒欺""言不二价"的胡雪岩等。以上这些人在经商中不管采取什么方法和形式，但有一些特点是一致的，那就是：买卖公平、货真价实、童叟无欺、言无二价。这也就是儒商德行的特点，儒商之所以不同于一般的商人，除了有学识、有文化外，更重要的是，自幼就开始受到儒家道德修养方面的教育、滋润和培养，久而久之，自然品端行正。

下联"千秋积善家"中的"积善家",是说自己是一户积德行善的人家,从来不做坏事。积德行善,是中国传统文化尤其是宗教所极力倡导的。《太上感应篇》载:"祸福无门,唯人自召。善恶之报,如影随形。"意思是说,是祸是福,都是一个人自己做坏事还是做好事招来的,谁也挡不住它降临在你的头上。它就像是你身体的影子,时时刻刻在紧紧跟随着你。

北京东城区有一条胡同叫大兴胡同,其原名叫大兴县署,系明时大兴县署在此而得名。在县署的对面,曾建有一座城隍庙,其山门左右各有一石碑联,上写:"阳世奸雄伤天害理皆由己,阴司报应古往今来放过谁。"这副对联就是说,即使你在人间活着的时候,做出了很多伤天害理的坏事,倚仗权势和狡滑的伎俩而蒙混了过去,死了以后也会遭受一定的惩罚,无人能逃。这就是善有善报、恶有恶报的因果报应论。也正是由于此,中国自古以来就提倡积德行善,有德行,做善事。"积德行善"这样的话,几成了一些人的信条,而如今花市中四条53号门的这副门联的下联,正体现了当时这户人家的思想与信仰,同时也向人们说明:这是一户向善的好人家。

钟鼎勋庸大，弓裘世泽长

　　以上是崇文区锦绣头条10号门的一副门联。锦绣头条原名鞭子巷头条，位于珠市口东大街南侧天坛街道办事处辖区。其西口通南桥湾街，东口通鲁班胡同，是一条东西走向的胡同。其10号门就坐落在这条胡同东口内不远的路南，它紧挨西侧12号门，就是当年著名京剧演员李多奎的宅子。

　　上联："钟鼎勋庸大。""钟鼎"，均为古铜器，鼎有两耳三足与两耳四足之分，上面铭刻有帝王纪事和宣扬帝王功德，以及褒奖有特大功勋之人的文字，为皇家礼乐和立国的重器。东汉著名文学家蔡邕，曾在其《铭论》中载："钟鼎礼乐之器，昭德纪功，以示子孙。"说的也是这个道理。而在唐初著名的大臣长孙无忌的传中，也曾记载："自古皇王，褒崇勋德，既勒铭于钟鼎，又图形于丹青。"意思是说，自古以来，不管是皇帝还是国王，对于有功德的人，既把他们的事迹刻在钟鼎之上，还把他们的形象画在纸上，以彰显其功德。"勋庸大"，即功劳很大。"庸"，此处可解释为功劳，出自《国语·晋语七》："无功庸者不敢居高位。"意思是说，没有功劳的人，是不能也不敢处在高位上的。

崇文区锦绣头条 10 号　　1996 年 6 月 9 日

但是如果你对国家有巨大贡献,那就另当别论。像战国时代,赵国大臣蔺相如就是一例。

下联:"弓裘世泽长。""弓裘",即只能从事祖辈世世相传的事业。出自《礼记·学记》:"良冶之子,必学为裘;良弓之子,必学为箕。"意思是说:一个好的冶铸手的儿子,一定也要学习缝制裘衣;一个好的制造弓箭手的儿子,一定也要学习编制畚箕。这样做的目的是叫你"触类旁通",立志向学。而另一个目的,就是也能和在朝为官的人一样,把祖业一代一代传承下去,保持家族永远发达兴旺。按现在说,就是只要肯学,行行出状元,并能使家族兴旺发达。

崇文区南芦草园胡同17号　　1998年5月13日

聿脩厥德,长发其祥

以上是崇文区前门街道办事处南芦草园胡同 17 号门的一副门联。南芦草园胡同位于珠市口东大街北桥湾街南口内路西。其东口与北桥湾街相通,西口通德丰东巷(玄帝庙),是一条从东南向北倾斜走向的胡同。而 17 号门就坐落在这条胡同中间偏东的路北。

上联:"聿脩厥德。"聿,音"yù",发语助词。脩,同"修"。厥,当"其"讲,这句话中指文王。整个上联出自《诗经·大雅·文王》:"无念尔祖,聿修厥德。"

《孝经·开宗明义章第一》载:"仲尼居,曾子侍。子曰:'先王有至德要道,以顺天下,民用和睦,上下无怨。汝知之乎?'曾子避席曰:'参不敏,何足以知之?'子曰:'夫孝,德之本也,教之所由生也。'复坐,吾语汝身体发肤,受之父母,不敢毁伤,孝之始也。立身行道,扬名于后世,以显父母,孝之终也。夫孝,始于事亲,中于事君,终于立身。《大雅》云:'无念尔祖,聿修厥德。'"以上是《孝经》里孔子和曾子说的一段话,意思大致如下:有一天孔子对曾子说,古代明君贤王有一种至为高尚的品行和道德，它可以使人心归顺，百姓和睦，没有怨恨、不满，你知道这是什么吗？曾子说我很愚笨，不知道。孔子说，那就是孝。孝是一切道德的根本，一切品行的教化都是由孝行派生出来的。身体发肤，受之父母，不能轻易损伤，这是孝的开始。建功立业，扬名于后世，光宗耀祖，是孝的终了。孝，开始从侍奉父母做起，然后是效忠君王，最终功成名就。

《诗经·大雅·文王》云："无念尔祖，聿修厥德。"最后孔子引用《诗经》里边的那两句话的意思就是：谁能不感念自己祖先的德行呢？那就努力发扬你先祖的美德吧！

无论是在《诗经》里所说的，还是在《孝经》里所讲的，孔子都强调做人要孝字当先，孝才能尽忠，孝才能尽事，孝才能继承先人美德，一以贯之，不忘祖宗。这就是"无念尔祖，聿修厥德"的由来。

下联："长发其祥。"这是与上联"聿修厥德"相对应的一句话。意思是：如果你做到了既对父母尽孝，又对国家尽忠，而且建功立业，始终不忘自己的祖宗和他们传给你的美德，那么好事自然就会经常降临在你的头上。

越水家声远，东山继世长

以上是崇文区前门街道办事处薛家湾胡同 28 号门的一副门联。薛家湾胡同位于珠市口东大街中部以北。其东口通茶食胡同，西口与北桥湾街北口相交，是一条东北高、西南低，且带点拐弯的胡同。而 28 号门就坐落在这条胡同中间路南，其西侧紧挨着西八角胡同的北口，看上去宅子十分老旧，但外表干净利落。

上联："越水家声远。"越水，指的是浙西北诸山之水，受之江苏太湖，下为吴松江。下联："东山继世长。"东山，一说为山名，在浙江上虞的上浦镇。"越水家声远，东山继世长。"简单说就是：家乡的声音离我们是多么遥远啊，然而它给予我们的恩泽永远难忘。

此上、下两联相合，通过故乡的一山一水，表现了这家主人对家乡的深切怀念与期盼。既怀念家乡的一山一水，也借家乡的山水，感怀家乡的名人志士，因为东山既是山名也是人名。

东山再起

东山，也指谢安，字安石，号东山，浙江绍兴人，祖籍河南太

崇文区薛家湾胡同 28 号　　1998 年 4 月 27 日

康,出身士族,少时即聪颖过人,是东晋著名的政治家和军事家,孝武帝时曾官至宰相。40 岁以前,他曾长期隐居东山,故人们又把东山称为谢安山。由于谢安很有才干,有人多次劝他出山,均遭他婉言谢绝。有一次实在推托不了朋友的好意,答应了对方的请求,但上任不久很快又辞职了,回归了山林。

到了东晋升平四年(360),由于家族的一些变故,谢安开始离山从政。从此"东山再起"就成了家喻户晓的一句名言。谢安从政后,先后担任过吴兴太守、荆州刺史、吏部尚书、征虏将军以及宰相之职。当时前秦军队在苻坚的带领下,欲吞灭东晋。于是朝廷内外一片惊恐,而唯有身为宰相的谢安,却安之若素像没事一样。之后他总督十五州军事，任用他的弟弟谢石和他的侄子谢玄两员名将，以奇术以少胜多，不但取得了淝水之战的重大胜利，而且还乘胜追击，收复了徐、兖、青、豫、司、梁六州广大地区，避免了东晋广大地区遭受强秦的侵害。其间前秦的军队被谢安、谢石、谢玄指挥的军队打得晕头转向、胆战心惊、不知所措，既不敢有任何喘息，更不敢安营扎寨，可是又得不到休息，再加上又冻又饿，死伤无数。据《晋书》记载：前秦国王苻坚见"八公山上草木皆类人形……其走者闻风声鹤唳，皆以为晋兵且至"。也就是说，一到晚上，前秦军队只要听到八公山上有点什么声音，就以为晋兵又追上来了，于是就拼命逃跑。这就是后来人们所熟知的"风声鹤唳，草木皆兵"这一成语的由来。

然而谢安功高震主，东晋皇族忌其威名，即使像谢安这样毫不贪羡官位的有功之臣，他们也忌恨与容纳不得。不久，即夺其兵权，去其官职。从此他默默无闻，从广陵回京不到一年，便于太元十年（385）病逝了，时年65岁。初葬建康（今南京），后墓又移至三鸦岗，最后又迁到了他当年隐居的浙江上虞县上浦镇的东山。这也真可谓是名副其实的落叶归根了。后来，唐宋不少诗人到此凭吊，并留下不少诗作。如今这里已辟为市级文物保护单位，任人参观游览。想来也是对这位历史人物的一点安慰吧！

河内家声远,山阴世泽长

以上是崇文区前门街道办事处长巷头条70号门的一副门联。长巷头条位于前门街道办事处西北角,其北口通西打磨厂街,南口通德丰东巷,是一条南北走向又带点弧形的胡同。

长巷头条70号门联:"河内家声远,山阴世泽长。""河内",指河南及山西黄河以北的地方。"山阴",即今山西省山阴县,位于山西省北部雁门关外,西望洪涛山,东面的桑干河与黄水河从此流贯而过。从以上这副门联来看,这户人家最早很可能是从山西迁来北京的。

由于北京的政治地理地位和历史上战争与自然灾害等原因,外省地迁来北京的人,几乎始终未断。如元朝与清朝入主中原,使大批蒙古族人和满族人迁入北京。明洪武元年(1368),明军占领大都,元朝最后一位皇帝顺帝离开大都,逃往漠北。隔一年,即从明洪武三年(1370)至明永乐十四年(1416),由皇帝下令发起的七次大规模的移民行动,可谓声势浩大。当时主要是由山西迁往河北、河南等地。至于零散的、自发的来北京投亲靠友谋求生路,或是做买卖谋求发展的,也络绎不绝。记得新中国成立前，我们家居住的黑窑厂76号院，12户人家中就有5户人家是外地来京的。因此可以说，北京不但很早就是一个多民族的城市，同时它也是一个多省份多地区人民聚居的城市。

然而中国人民向来有一种很深的怀旧情结，那就是不管他们离开生他养他的家乡有多远，时间有多长，他们对家乡的山山水水、一草一木、对父母亲人、对自己的同胞兄弟姐妹总是念念不忘，"每逢佳节倍思亲"。于是当年那些背井离乡、历经千辛万苦，最终来到北京的游子们，便产生了种种回想和思念。

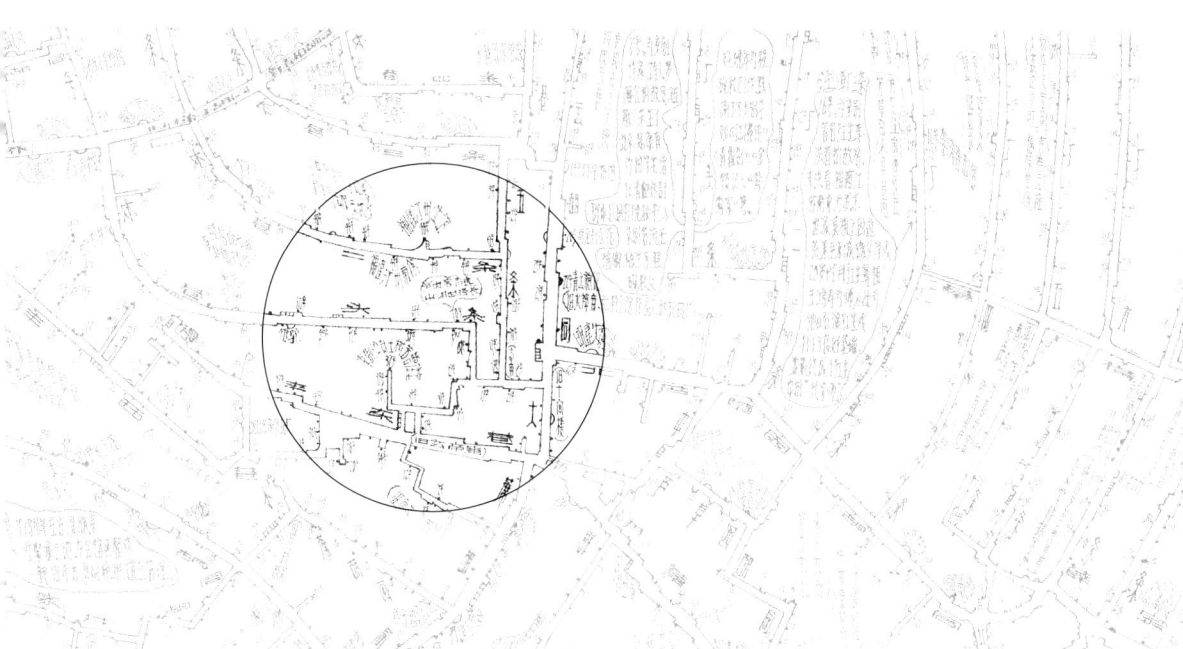

这副门联仿佛在诉说:从河内到山阴,再到北京。这些年来,自从离开生我养我的那个家,我们是越走越远了。如今家乡到底怎么样了?父母身体如何?兄弟姐妹们还都好吗?随着时光的消逝,家的声音也越来越远,越来越少……山阴,那也是我们不能忘记的地方,因为它对我们有恩,那是在我们迁移的旅途中最困难的时候,它及时伸出援手,帮助过我们,从而也才能使我们后来又平安地到达了北京,并从此在北京扎下了根。如今,又过了很多年,父母早已不在人世,兄弟姐妹也分处各地,家乡也可能有了巨大变化。然而使人永远不变的是:人们怀念家乡、怀念亲人的情结永远存在。

这也许就是这户人家书写这样内容的一副门联的原因。而在北京的胡同里,与此内容近似的门联尚有:

越水家声远,东山继世长;

世远家声旧,春深喜气新;

颍水潆洄绵世泽,川源缭绕映春晖;

历山世泽,妫水家声。

这些都表现了居住在北京的外地人,对自己家乡深深的怀念……

书到用时方恨少，事非经过不知难

以上是崇文区崇文门街道办事处河泊厂北巷 13 号门的一副门联。河泊厂北巷位于珠市口东大街河泊厂的北部，原是一片空旷之地，后人口逐渐增加，形成了街巷，1965 年定为今名。

河泊厂北巷 13 号门的这副门联"书到用时方恨少，事非经过不知难"，是一副劝勉联，看上去很通俗，也很直白，道理也很简单，然而其含义还是很深的。意思是说，如果一个人，尤其是青年人，不太喜欢读书，或者说读书很少，当他日后发现自己需要书时，就会产生一种悔恨的心情，然而时间已荒废了。同时，有些事情你没经历过，你就体会不到它的艰难之处。像新中国成立前生活上的苦，有人经历过，有人没经历过，这两者在观念上，往往就有很大不同。前者总是注意节俭，不浪费；后者总是大大咧咧，信奉"有钱不花，丢了白搭"，并且还把前者视为"抠门"。究其原因：一是没有体会过"苦"的经历；二是不知道"一粥一饭当思来之不易，半丝半缕恒念物力维艰"。或者说，也许有的人早已把它抛到了九霄云外，置之脑后了。鲁迅先生曾说过这样一段话："自然，喜怒哀乐，人之情也，然而穷人绝无开交易所折本的懊恼，煤油大王哪会知道捡煤渣老婆子深受的酸辛。灾区的饥民,大约总不会去种兰花,像阔人的老太爷一样,贾府上的焦大,也不爱林妹妹的。"鲁迅先生说的这段话,可以说既深刻又幽默,但愿人们看了能有所感悟。

"书到用时方恨少,事非经过不知难。"一说这副门联出自我国南宋著名诗人陆游之口(一说佚名撰格言联)。陆游,号放翁,越州山阴(绍兴)人。进士出身,曾任枢密院编修等职,主张抗金。一生心系江山社稷,但壮志未酬。由于他在人生的道路上经历过政治上的打击,军事上的失败,官场上的罢黜,以及他和唐婉在婚姻上的诸多不幸等,这些经历使他积累了不少人生经验。而以上所提到的那副劝勉联,只不过是他在学习等方面的一些心得而已,真正感人至深的,还应该是他诗词中的那些佳品,如:

死去元知万事空,但悲不见九州同。王师北定中原日,家祭无忘告乃翁。(《示儿》)

驿外断桥边,寂寞开无主。已是黄昏独自愁,更著风和雨。无意苦争春,一任群芳妒。零落成泥碾作尘,只有香如故。(《卜算子·咏梅》)

红酥手,黄縢酒,满城春色宫墙柳。东风恶,欢情薄。一怀愁绪,几年离索。错,错,错! 春如旧,人空瘦,泪痕红浥鲛绡透。桃花落,闲池阁,山盟虽在,锦书难托。莫,莫,莫!(《钗头凤·红酥手》)

长城高际天,三十万人守,一日诏书来,扶苏先授首。(《古筑城曲·长城高际天》)

想必这副门联,也寄托了主人家自勉励精图治,勿忘根本的愿望吧。

东轿杆胡同　　2002年吴堆摄

附 1

作者手稿（摘录）

36. "松柏有本性，瑾瑜发奇光。"

以上是东城区春雨三巷一户人家的门联。春雨三巷原名象鼻子坑，位于建国门内大街中间偏西路北。其西口通春雨胡同，东以与春雨一巷相接，是一条几字形走向的胡同。

上联：松柏有本性。松与柏，均为常绿乔木，种类很多，其根、皮、叶、果皮，有的可以入药，有的可以榨油，有的可以造纸……其木质坚硬，又可广泛用于家具、建筑、造船、造纸等行业，可以说全身是宝。同时，它又是一种观赏性的树木，广泛种植于公园、街道、山间、田野、陵园、墓地，既美化了环境，又绿化了大地。松与柏还是一种长寿树木，北京中山公园社稷坛南墙外，有一片保存非常好的柏树林，远远望去遮天蔽日，非常壮观。它们大多生长了五、六百年，其中有7棵竟超过了千年。如果拿百岁的人来和它们比较，也是十辈孙了，真是极其珍贵。此外松和柏还有一个特质：不怕严寒风雪，一年四季常青。

"大雪压青松，青松挺且直。要知松高洁，待到雪化时。"陈毅通过青松来赞美革命者的诗句，可谓家喻户晓。这也就是松柏生来就有的一种本性。

下联：瑾瑜发奇光。瑾与瑜，都是上等美玉。质地坚硬、细密而又温润，圆润有光泽。有的洁白无瑕，有的玲珑别透，是古代君子们非常喜欢佩带的饰物。同时古人也把玉，比作是人间君子，把长得好的女子称为玉女，称其面容为玉颜。其身体胸部修长，称为玉体。"婷婷玉立"是一成语，也是从女子身材的美好这来的。把部才女般的美好婚姻称为这是良缘。把一条不苟必须遵守法律的严肃性、神圣感，称为金科玉律。把劝人走正路或劝人从好措辞，称为玉良言。想听人说出心里话，老说出其他爱听的话作引诱，这叫抛砖引玉。"宁为玉碎，不求瓦全。宁可碎了也要保持自己的气节，绝不变节，苟且偷生。"金玉其外，败絮其中。"外表华丽动人，内里脏脏至善。如果再进一步衡选的话，那就是：满嘴的仁义道德，一肚子男盗女娼。正是由于玉本身有着温润柔和又纯清坚韧的良好品质，又给人留下诸多的美好记忆，所以清朝有的皇帝在选妃时，往往也把她们的名字封为带有美玉的内容，以象征她们的命运的说双全、人与名俱美。然而她们结性又心与愿违。像同治皇帝有一个妃子，就叫瑜妃。她原名赫舍里氏，是知府崇戚的女儿，貌美中颇有心计。光绪皇帝也有一个妃子，叫瑾妃。瑾妃的妹妹就是很有名气的珍妃，她俩是同父异母，称渡礼部侍郎长叙的女儿。以上这三个人，无论从哪个角度来说，都可以说是金枝玉叶，大家闺秀。然而她们的命运，都与她们那美好名字大相径庭。其中瑜妃受过同治皇帝一阵子宠爱外，瑾妃始终被光绪皇帝冷落，而光绪皇帝喜欢的是珍妃。但珍妃又最让西太后看不顺眼，不但硬仗权势生生把光绪与珍妃的爱情给拆散了，并且在八国联军入侵京城前夕，以保贞节为名，竟下令太监将珍妃活活投入井中杀害。

如果把以上瑜妃、瑾妃、珍妃三个人的命运，与门楣："瑾瑜发奇光"来相对照，那么这里所谓的奇光，已不是人们想像中的那种"异彩纷呈"的奇光了，而是一种暗淡之光、惨淡之光，甚至可以说是凶光了。

31．"诗书备德业，龙凤振家声。"

以上是原崇文区草厂三条5号门的一幅门联。草厂三条位于原崇文区西北部前门街道办事处辖区内。其北口通西兴隆街，南口通北芦草园胡同，是一条南北向而又有奥俑斜的胡同。其5号门就坐落在这条胡同北口内路西。

上联："诗书备德业。"诗书，这里即可以泛指一般的诗书，也可以专指《诗经》和《尚书》。《诗经》是我国古代最早的一部诗歌总集，收录了从西周时到春秋时期的500年间。原称《诗》，到西汉时被尊为儒家经典，始称《诗经》。其内容分风、雅、颂。风即民歌，雅即宫廷乐歌，颂即皇家祭祀乐歌。其中《诗经·国风·关雎》："关关雎鸠，在河之洲。窈窕淑女，君子好逑。"就是它的开篇之作，这已是家喻户晓的了。《尚书》亦我国古代最早的史书。其中包括《虞书》、《夏书》、《商书》、《周书》。战国时称《书》，到了汉时始称《尚书》，意即上古之书。为儒家五经（诗经、尚书、周礼、易经、春秋）之一，内容主要是帝王与臣子们讨论如何治理好国家的对话。

从以上所述可以看出，通过5号门的整幅门联告诉人们，要想子女们建德立业，首先必须要读好诗书。因为诗书给人以知识、给人以智慧、给人以学问、给人以能力。常言道："知识就是力量！"说的也是这个道理。总之要先读诗书，以备建德立业，最后才能按父母所盼：成龙成凤，家声远扬。

47. "登仁寿域，纳福禄林。"

以上是原崇文区前门街道办事处草厂七条9号门的一幅门联。草厂七条位于崇文区西兴隆街以南，北口通西兴隆街，南口通北桥湾街，是一条南北走向的胡同。其9号门就坐落在这条胡同北口内东面。

草厂七条9号门的这幅门联的上联："登仁寿域"，取自《论语·雍也》中的知者乐水、仁者乐山；知者动、仁者静；知者乐、仁者寿。意思是说：智慧的人，喜欢水。因为水无比灵活，适应环境善于变化，而且变化无穷，是启发人们智慧的一个源泉，无往而不胜。仁德的人，喜欢山。因为山巍峨高大，雄伟壮观，犹如镶嵌在大地上的一座钢筋铁骨，不管风吹雨打，总是岿然不动，立千年而不倒。就像是一位无比刚毅的老人，坚定地固守着自己仁爱的崇高信念。

智慧的人喜欢动，善于实践，反复求索，与时代共进，灵活多变。仁德的人喜欢静，静思默想，求真、求善、求美、求实。

智慧的人性活跃，快乐逍遥。仁德的人性安宁，长寿安康。而以上门联："登仁寿域"，按中国古代上中下三种仁寿的说法，这家最长者的年令最少也至是一位80岁的老人了。

下联："纳福禄林"，纳福，即享福之意。禄，即俸禄，是古代官吏的工资。合起来的意思就是：告老还乡、弃官为民，过起了悠闲自在的快乐生活。

附 2

参考书目（部分）

1. （明）刘侗、于奕正著：《帝京景物略》，北京古籍出版社，1982年版。
2. （清）戴璐著：《藤阴杂记》，北京古籍出版社，1982年版。
3. （清）徐继畲著：《瀛寰志略》，上海书店出版社，2001年版。
4. （清）于敏中等编纂：《日下旧闻考》，北京古籍出版社，1983年版。
5. （清）张玉书等编纂：《康熙字典》，中华书局，1958年版。
6. （清）朱一新著：《京师坊巷志稿》，北京古籍出版社，1982年版。
7. ［美］费慰梅著，曲莹璞等译：《梁思成与林徽因：一对探索中国建筑史的伴侣》，中国文联出版公司，1997年版。
8. ［美］乔纳森·斯彭斯著，王改华译：《利玛窦传》，陕西人民出版社，1991年版。
9. ［瑞典］喜仁龙著、许永全译：《北京的城墙和城门》，北京燕山出版社，1985年版。
10. 《崇文区地名志》编辑委员会编：《北京市崇文区地名志》，北京出版社，1992年版。
11. 《东城区地名志》编辑委员会编：《北京市东城区地名志》，北京出版社，1992年版。
12. 《丰台区地名志》编辑委员会编：《北京市丰台区地名志》，北京出版社，1993年版。
13. 《西城区地名志》编辑委员会编：《北京市西城区地名志》，北京出版社，1992年版。
14. 《宣武区地名志》编辑委员会编：《北京市宣武区地名志》，北京出版社，1993年版。
15. 爱新觉罗·溥仪著：《我的前半生》，东方出版社，2007年版。
16. 北京市档案馆编：《北京会馆档案史料》，北京出版社，1997年版。
17. 北京市立新学校：北京香山慈幼院校友会编，《北京香山慈幼院院史》。
18. 北京市民政局编：《北京市行政区划简册1994》，同心出版社，1994年版。
19. 北京市社会科学院《燕都春秋》编辑委员会编：《燕都春秋》，北京燕山出版社，1988年版。
20. 北京燕山出版社编：《旧京人物与风情》，北京燕山出版社，1996年版。
21. 常人春著：《老北京的风俗》，北京燕山出版社，1990年版。
22. 陈宗蕃编著：《燕都丛考》，北京古籍出版社，1991年版。
23. 辞海编辑委员会编纂：《辞海》，上海辞书出版社，2001年版。
24. 董夏青编著：《胡同往事》，万卷出版公司，2007年版。
25. 国家文物事业管理局编：《中国名胜词典》，上海辞书出版社，1984年版。
26. 胡春焕、白鹤群著：《北京的会馆》，中国经济出版社，1994年版。
27. 胡玉远主编：《日下回眸 老北京的史地民俗》，学苑出版社，2001年版。

28. 胡玉远主编：《燕都说故》，北京燕山出版社，1996年版。

29. 黄宗汉主编：《天桥往事录》，北京出版社，1995年版。

30. 柯兴著：《赛金花传》，群众出版社，1999年版。

31. 李存光著：《巴金传》，北京十月文艺出版社，1994年版。

32. 李向明著：《李苦禅传》，四川人民出版社，1987年版。

33. 李永翘著：《张大千全传》，花城出版社，1998年版。

34. 林徽因著，陈钟英、陈宇编：《林徽因》，人民文学出版社，1992年版。

35. 林志浩著：《鲁迅传》，北京出版社，1981年版。

36. 刘秋霖编著：《老北京胡同里的传说》，中国文联出版社，2008年版。

37. 刘叶秋、金云臻著：《回忆旧北京》，北京燕山出版社，1996年版。

38. 马南邨著：《燕山夜语》，北京出版社，1979年版。

39. 钱理群著：《周作人传》，北京十月文艺出版社，1990年版。

40. 苏双碧、王宏志著：《吴晗传》，北京出版社，1984年版。

41. 田本相著：《曹禺传》，北京十月文艺出版社，1988年版。

42. 完颜绍元著：《王正廷传》，河北人民出版社，1999年版。

43. 王彬主编：《实用北京街巷指南》，北京燕山出版社，1987年版。

44. 王同祯著：《老北京城》，北京燕山出版社，2000年版。

45. 王永斌著：《北京的关厢乡镇和老字号》，东方出版社，2003年版。

46. 吴廷燮等纂：《北京市志稿》，北京燕山出版社，1998年版。

47. 夏祖丽著：《从城南走来 林海音传》，生活·读书·新知三联书店，2003年版。

48. 阎崇年著：《正说清朝十二帝》，中华书局，2004年版。

49. 姚振生主编：《百年老舍》，中国文联出版社，2001年版。

50. 游彪著：《正说宋朝十八帝》，中华书局，2005年版。

51. 于杰、于光度著：《金中都》，北京出版社，1989年版。

52. 余荔裳著：《北京通俗史话》，北京燕山出版社，1993年版。

53. 臧励和等编：《中国人名大辞典》，上海书店出版社，1980年版。

54. 张伍著：《忆父亲张恨水先生》，北京十月文艺出版社，1995年版。

55. 郑怀义、张建设著：《从皇叔到平民——中国末代皇叔载涛》，文化艺术出版社，1991年版。

56. 钟仁恭著：《松柏庵传奇》，北京出版社，1990年版。

57. 周家楣、缪荃孙等编纂：《光绪顺天府志》，北京古籍出版社，1987年版。

58. 周简段著：《神州轶闻录》，华文出版社，1998年版。

59. 周秋光主编：《熊希龄：从国务总理到爱国慈善家》，岳麓书社，1997年版。

后记

在近30年走胡同、画胡同和写胡同中，尤其是采访过我的一些中外媒体，几乎没有不对我如何产生这种想法、做法和中间又经历过什么困难、曲折，又是怎样解决、克服产生兴趣的。关于我为什么想做这件事，在前面已做了详细的交代，现在将其他方面的情况，再向读者进行一些介绍。

第一，20世纪末夏日的一个清晨，为了能多完成一些任务，我早早就由南三环洋桥的家，赶到了崇文区东北角的白桥大街头条进行测量、走访。当我从它的东口进入胡同，慢慢向西走到胡同中间时，只看从西边影影绰绰来了三个人，走近一看前两后一。前面两个像民工模样，被绑着手连在一起。后边是一个年轻的警察。当我正准备让路时，那位年轻的警察已然走到我的跟前，四目相对，他突然问我："你是干什么的？"我说："我是了解北京老胡同的。""什么老胡同，走！"他随即用手一推，把我和前面那两个人一起，押往附近一个居委会的小屋里。进了小屋，警察让那两人蹲在地上，让我坐在一个座位上，并先对我进行"审问"。什么家住哪里、姓甚名谁、在哪儿工作、今年多大、到此作甚等，并进行了记录。然后又查看了我随身携带的身份证等各种证件，最后又把我走胡同抄录的胡同名称和绘有胡同草图的记录本拿走，进行"审查"。

事情我想也就到此为止了，不一会儿可能就放我走了。谁知我想得美，那只是我的一厢情愿。我左等也不来，右等也不来，前后一个多小时都过去了。"一寸光阴一寸金"，对于"惜时如金"的我来说，实在是难以忍受了。于是我推门出去，在另一屋找到他们，质问他们："我犯什么法了？你们问我什么，我也都说了。什么证件，你们也都看了。为什么这么长时间还不放我走？"那位警察一听我这么一说，就让我回屋，再等一会儿。于是我回屋又等了10多分钟，他才把我叫出屋外，先把我的胡同记录本还给我，之后对我说，最近他们这一片儿小偷闹得很厉害，群众反映很大……你现在可以走了。我一听这话，这是事出有因，我还能说什么呢，完全可以理解。然而，白白耽误了我两个多小时，此时已艳阳高照，胡同已人来人往，内心很是杂乱。而走胡同的心情，也一落千丈，这时我只好默默而归，"高兴而来，扫兴而去"，"起了个大早，赶了个晚集"。

第二，也是20世纪末的一个夏天大雨后的一个清晨，街上非常清静。当我走访到什刹海南官房胡同内的前井胡同南口时，突然发现口内立着一个大木梯子，再往上看，房顶上有几个人正在忙碌着什么。当时我想这可能是近日北京阴雨连天，老北京的平房或因年久失修房顶漏雨，人们正在进行修补。看到这一景象，我感到这也是老北京人生活的一景，于是便萌生了把它拍摄下来的想法。然而当时房下正站着一位看上去大约有十五六岁的姑娘，我不想把她收入镜头，想等她走开再拍。可是没想到这位姑娘不但没走，而且站在那里两眼直直地看着我。此情此景，我感到有点儿尴尬，心里也非常着急，心说你怎么还不走哇，再不走这一景我可就拍不上啦。于是我就在原地假意轻松地来回走动，一会儿抬头看看她走没走，一会儿再看看房顶上的人在不在。就这样我来回走了两三趟，当我最后再抬头看她时，突然她转身进了胡同。

此时我心里非常高兴，心说，你可走了。于是我赶紧从背包里取出相机准备拍照。正在这时，突然从胡同里走出一个人来，大约40来岁，挽着衣袖，直冲冲走到我的面前，问我"你是干什么的"，我说"我是了解北京老胡同的"。"什么老胡同，你赶紧走，不然罚你100块钱。"我一听这话，立刻想到了《水浒传》

里的草头王："此山是我开，此树是我栽，要想从此过，留下买路财……"于是我回答他说："这是公共场地，我又没到你们家去，为什么要罚钱？"他听我这么一说，不但不觉得理亏反倒更蛮横起来："你不走就要罚你钱！"当时我心想，我今天是碰上不讲理的了。常言道："宁和明白人打一顿架，不和糊涂人说一句话。"况且，"小不忍则乱大谋"，我出来是了解老胡同来了，而不是打架来了，想到此我扭头而去。

一路上我百思不得其解，我与这位先生一不相识，二无怨恨，为何这等无礼？想来想去，我想到了那位十五六岁的姑娘。先前她离开这里前，当时只有我二人，相距有20来米。我之所以时时向她张望，是希望她早点走，我好进行拍照。而她站在那里两眼直直地看着我，又是为什么呢？我想她也许看我很生，不是当地人，可是走到此地又不是一走而过，而是在此左右徘徊四处观望，因此引起了她对我的怀疑。后来她又把对我的怀疑向自己人一说，那么后来那位先生的"蛮横"与"无理"的出现，也就是自然而然的事了。不过那位十五六岁的姑娘，到底怀疑我是一个小偷，还是一个坏人，我就不得而知了，我想可能是坏人吧。

第三，又是20世纪末一个漫天大雪的清晨，我早早就赶到了地安门内大街，既想在附近拍几个雪景，更想把米粮库胡同当年陈宗蕃自建的"淑园"拍下来。陈宗蕃，字莼衷，福建闽侯人，生于清光绪五年（1879），进士出身，后官费留学日本，东京帝国大学毕业。他的著名作品《燕都丛考》，介绍了老北京的城池、沿革、宫殿、苑囿、坛庙、胡同、街巷等内容，影响很大。由于我在走访北京胡同时，较早地买到了这本书，看后如获至宝，从此它便成了我查询史料的重要佐证资料。同时我对陈先生也产生了非同一般的敬意，也许是惺惺相惜，也许是志同道合，也许是爱屋及乌，也许是作为一个后人，我能踏着先生生前曾走过的足迹，徜徉在古老的北京胡同里，为了相同的目标，日复一日，年复一年，最终能为子孙后代留下点东西，我感到这是何等光荣，何等自豪！因此，我对先生的一切都感兴趣，尤其是1923年他在米粮库购地十余亩，并在《燕都丛考》中提到的他自建的那所住宅："大木数章，荫可蔽亩，间以松、竹、桑、槐、榆、柳、枫、楸之树，桃、杏、李、栗、梨、枣、葡萄、苹婆、樱桃之果，海棠、玫瑰、蔷薇、玉簪、木槿、紫薇、芍药之花,有余土积以为山,辟小池实以芙蕖,后有圃,杂植瓜、壶、蔬、韭之属……"这一切的一切,对于我来说,简直就是一个"人间仙境"。

然而当我第一次来到这里时,所看到的先生故居——淑园,令我大失所望。这里已完全不是当年的样子,而且不允许拍照。中间也曾突发奇想,凌晨冒着严寒去拍照而不得。转眼大概半年多过去了,有一次我采访别处胡同回来,途经此地,便想弥补没拍成这张照片的遗憾。时正值七八月份,天气很热,又是晌午,艳阳高照,我一看胡同里只有一位奶奶带着小孙女儿在大树底下乘凉,我就不顾一切地走了进去,以过路人的身份和这位老奶奶攀谈起来:"您这条胡同可真不错,又清净,又凉爽……"老人听我这么一说,也露出了满意的笑容,我借着在大树底下乘凉和她说话,并在她照顾自己的孙女时,拿出相机,远远地对着1号大门进行了一次"偷拍"。事后,这张洗出来的照片,虽然令我十分不满意,但总算了了一桩心愿。

第四,凡是没有经历过受骗、上当的人,是体会不出受骗、上当后那种气愤难消,而又无可奈何的心境的。可是这样的事情,竟然也让我赶上了。1996年11月中旬,有一位自称是记者的年轻人,来到我家对我进行采访。当时看上去此人有20多岁,中等身材,文质彬彬。采访中他对我拍摄的胡同照片深表赞赏,开始时提出拿走几张进行发表,后来又提出多拿几张,回去做一个专题。我这人有一个缺点,可我总认为这又是一个优点,那就是:我对于一个人,如果没有一个较长久、深刻的认识,我绝不轻言他坏。日常生活和工作中,更不轻易怀疑谁谁有什么不良企图。因此我就让这位记者,选择了14张他最满意的胡同照片,让他高兴而去。临走时我还一再嘱咐他要保存好,使完给我送回来。他也是连连点头应允,让我放心。我看他态度如此虔诚,既没让他写借条儿,也没让他写保证,君子之交嘛。

就这样一天两天过去了,十天半月过去了,最后近两个月也要过去了。此时我有点儿坐不住了,心想怎么这么长时间也不给我个信儿啊!如果不合格不能报道,那也没关系,不能勉强,给我来个信儿,说明情况,或退回照片,也就是了。可是,可是……我终于待不住了,于是拿起电话,打了过去。开始电话总是不通,最后终于给他打通了。我先问他："你是陈记者吗？"他说："是。"我说我是舒了，随之问他："上次你到我家拿走我的那14张胡同照片儿怎么样了？"他随口说"丢了"。我一听他这么一说，立刻两眼发黑，头脑发涨。随后我又急切地问他："你是在哪儿丢的，怎么丢的？"他答："在地铁睡着了丢的。"总之是我问他一句，他简单地回答我一句。既没主动详细地向我叙述丢失的经过，也没有向我表示点儿什么歉意，从此"肉包子打狗，一去不回头了"。后来电话里声音杂乱，听不清说什么，就放下电话了，当时我那个气呀。

我想，为了拍一张能体现出老北京胡同韵味儿的照片，我要付出多少时间和精力呀：时间，地点，光线，季节，角度，人流，车流，有无乱搭乱建等，这都是我要考虑的问题。为此往往我拍一张照片，就要等一两个小时才能拍上，如今14张胡同照片都丢了，这要让我再用多少时间去专门进行补拍！况且其中春夏秋冬也各不相同，仅从这一点来说，大概就需要我再用一年的时间才能补全。而且更让人担心的是，一年中不知北京再拆迁多少胡同，如果正赶上我丢失的14张照片中的一些，那也许将成为一个永久的遗憾！

不过通过这件事，对我来说，教训极为深刻，应该永远牢记。至于那些"丢失"的胡同照片，我只好在后来的走访胡同中，顺便再抽时补拍而已。类似以上的情况还有，不过最终经过努力追索，大都没造成什么损失，也就不在这里赘述了。

第五，从以上所遇到的一些事情上看，如果只算为偶然事件，过去也就算过去了。相对于自然存在的那些困难，如天寒地冻、日晒雨淋、大风大雪、吃苦劳累，那就更不在话下了。而真正让我用心费力的，还是胡同文化中那些方方面面，林林总总，浩如烟海，没有穷尽的探索与追求。

宣武区有个法源寺，尽人皆知。法源寺后街有个谢公祠，知道的人就相对较少了。这位文天祥式的英雄人物，在法源寺看到《曹娥碑》后便绝食而死。曹娥又是谁？

西城区有一片京城最大的水域叫什刹海，其名称有人说它来自什刹海旁的一座什刹海寺，也有人说它来自什刹海周围的10座古刹，说法不一。

东城区中轴线最北边有两座著名古建筑：钟楼和鼓楼。它们是什么年代建的？原来在什么地方？"南城乐家，北城杨家"之说，到底又是怎么回事？

走胡同，潘家胡同内一大门前　　　1997年2月5日

崇文区有一个地名叫"四块玉"，那里原来生产过玉吗？它与中山公园里的保卫和平碑，到底有无关系？

以上只是随便简单举出几个例子，这里还不包括那些不是名人故居的"故居"，以及深藏在胡同文化背后的那些历史、人物和故事等。这对于自小就缺少学识的我来说，要想真探究清楚个中的缘由，绝非易事。然而常言道：人非生而知之，乃学而知之。于是我买书自学，借书自学，采取边干边学的办法。从此书店、书摊、书市、图书馆、档案馆等地，成了我的常去之处。而且其中我又以买书为主，只要发现与北京历史文化有关的书，我就买。然而就是这样，往往也解决不了我走胡同中遇到的需要解决的问题。求教于友，友人不知；到档案馆查，没记载；去图书馆，也看不到这方面的资料……总之，这时是我最头疼、最伤脑筋、最郁闷的时候。

崇文区有个"钱氏宗祠",位于薛家湾胡同39号院一个下洼子小门里。过去人们对它几乎一无所知,就连居委会也只知道这里住的是一大家子的钱姓人家,其他一概不知。1998年5月2日我走访到此,发现它的门额上有一方上写"钱氏宗祠"的石匾,虽然已然十分陈旧了,但立刻引起了我的注意。后经这家人把我引进院中,见到当时已92岁的钱鸿绪老人,即这院的主人。经他介绍,才使我初步对这家人以及"钱氏宗祠"的历史,有了一个大概的了解。原来钱老乃是唐末五代十国时,统治浙江半个多世纪,主张发展生产、保境安民、爱护百姓、拥护国家统一的吴越王钱镠的后代,即钱镠的第33代孙。听了钱老的介绍后,我立刻感到事情非同一般,内容感人,意义重大。于是我当即下定决心,争取尽早把它写出来。

薛家湾胡同"钱氏宗祠"的钱氏家人在向作者介绍道光十八年重修"钱氏宗祠"时尚留在地面上的一座石碑的碑座　　1998年秋

可是我怎么写呢？院子主人终归是一个90多岁的老人了，只凭老人口述难免有误。于是我首先查了《北京市崇文区地名志》，上面有关钱氏宗祠的只有这么几句话："……其西39号为清末官宦的家庙，'钱氏宗祠'四字仍完整地保存在门额上，现钱氏后人仍居于此。"文中说，39号为清末官宦的家庙，到底是哪位官宦的家庙？未提。后来我又先后到市档案馆、市图书馆进行查询，均无这方面的材料。跟着我又先后到地坛书市、广安门内报国寺书摊、潘家园旧货书摊进行寻觅，也都失望而归。这时，我的苦恼也就上来了：该去的地方也去了，该查的地方也都查了，怎么就没有呢？有一天我又查了查我买的一些旧书，突然在清人吴长元写的一本《宸垣识略》里，我眼前一亮："吴越王钱镠祠在芦草园，雍正二年敕封诚应吴越武肃王。其裔孙世章创建西竺庵，在南芦草园。"可是看着看着，我又有点糊涂了。明明"钱氏宗祠"在薛家湾胡同，这里怎么又说在芦草园？至于其裔孙世章在南芦草园又创建了一个西竺庵，那与钱氏宗祠好像没多大关系。不过这里却给我提出了一个重要问题：钱氏宗祠到底建于何年何处？而且就以上如此简单的介绍，要想把它写出文章来，也很不够。于是有一天我又去了西单图书大厦，想碰碰运气。然而没想到真没白来，我看到书架上摆放着一种古色古香、浅绿色的封面，上写"吴越首府杭州"的书，顺手翻看了一下它的目录，我十分惊喜，心想，我可找到你了。于是我立即掏出34元买了两本。后来我就根据钱老的口述和这本书的有关内容，写出了《北京的钱氏宗祠》一文，先后刊登在《北京文物报》等其他报纸和刊物上，一时引起轰动。

可是这时还有一个问题需要解决，那就是建立钱氏宗祠的确切时间和地点还不知道。据当时钱家人说，钱氏宗祠院内原来有碑，"文革"时被埋地下，那上面写着呢，大概是道光年间。还说，此碑被埋入地下前，曾被文物部门拓过，据说拓片现保存于国家图书馆新馆。我一听说这话，立刻想起了我们市文保协会的文友王铭珍先生。他就住在紧挨国家图书馆新馆的家属宿舍，几乎天天到图书馆去看书、写作，和图书馆的人也十分熟悉。因此我就打电话请王先生帮忙。王先生二话没说，张口应允。于是第二天我就风风火火赶到那里，把拓片纸借了出来，在桌旁躬身，从头到尾把全部内容迅速抄录下来。回到家中我又仔细把内容反复

一看,正面碑首:"万古流芳",下面内容:

　　武肃王庙者钱氏宗祠也,京师旧有庙,今已坍圮。钱氏子孙居京者皆不胜屈讫,无能修复者。兹有裔孙德明独愿身任其事,创立兴修,即就本宗诸人劝捐,因择吉地创建宗祠。夫敦本重谊盛德也,捐资首义善事也,故于其成也妥立之碑以记其略,所有捐资各名字具祥于后。

大学士汤金钊撰

翰林院编修胡应泰书

道光十八年十月□日

　　看完此碑文后我立刻明白了,原来现在位于薛家湾胡同的钱氏宗祠,是在道光十八年(1838)因"京师旧有庙,今已坍圮",而重新建立起来的。而此前建立的钱氏宗祠,按照《宸垣识略》的说法:"吴越王钱镠祠在芦草园,雍正二年敕封诚应吴越武肃王。"也就是说,原先早已损毁、倒塌的那座钱镠祠,是建在芦草园的。然而芦草园的地理范围在历史上变化很大,从地图上看,明时它还是靠近那一片地区南边的一小条,到了清乾隆十五年(1750),它又变成了一片。到了宣统年间,这一片又变成了一长片。并且在它的大北面又出现了北芦草园之名,而原来的芦草园即名为南芦草园。最后,到了民国三十六年(1947),在两个南北芦草园之间,又出现了一个中芦草园,即现在的情况。因此,从时间上看,钱镠祠最早应是建在南芦草园无疑,可是南芦草园那么长,它的具体位置又是哪里呢?这个问题几乎又困惑我两三年,直到有一天钱家人给我提供了一份由钱镠第25世孙、亦即清大臣钱陈群写的一篇《先武肃祠堂记》中,才初步找到了答案。为什么说"初步找到了答案"?因为祠堂记中说:"建祠于芦草园玉泉巷内。"也就是说,它没按原来《宸垣识略》所说的,建于芦草园,而是建在芦草园附近的"玉泉巷"了。可是我又查遍了有关这方面的街巷资料,也没有玉泉巷这个街名。倒是"玉泉庵"这个名称多次出现在书中。如《京师坊巷志稿》第187页:"大、小蓆儿胡同,大胡同有玉泉庵。"《宸垣识略》:"玉泉庵在南芦草园西蓆儿胡同。"《燕都丛考》:"正阳门外东偏,古有三里河一道,东有南泉寺,西有玉泉庵。"

由此可见，当年南芦草园附近没有"玉泉巷"，只有玉泉庵之名。至于《先武肃祠堂记》中写的"玉泉巷"，很可能是当年作者的笔误。可是问题又来了，这玉泉庵又到底在哪里？按照《宸垣识略》的说法："玉泉庵在南芦草园西蓆儿胡同。"也就是说，玉泉庵在南芦草园西北口外的西蓆儿胡同，即今已更名的小蓆胡同。至于小蓆胡同的具体地点，文中无载，我也就无可调查了，因为胡同已拆。好歹胡同也不大，跑不了太远，只能如此了。

在我多年走访北京的胡同中，类似的例子还有不少，然而唯独在钱氏宗祠问题上，我占的时间最长、下的功夫最大，同时我与钱家人结成的友情也最深。我是1998年5月2日到薛家湾胡同走访时，第一次与钱氏宗祠的主人、当时已92岁的钱鸿绪老人相识的。一来是为了了解钱氏家族的历史，二来也可能是投缘，久而久之，隔三差五，我便抽空去看望老人，成了钱家的常客。多天没去，我心里就想，该去看望老人了。而老人的子女，也对我说，您要是有几天不来，老人就念叨："舒了怎么还不来呢？"就这样，我与老人不但成了忘年交，也与老人的子女们，结成了兄弟般的好朋友。时间犹如流水，就这样一晃7年过去了，就在老人99岁那一年提前过百岁生日的时候，突然因感冒发烧而过世了。我接到老人子女们给我打来的电话，告诉我老人临终前叮嘱他们："第一，要把我的消息告诉舒了。第二，今后你们不要和舒了断了联系。"听到这两句话后，我顷刻泪如雨下。我想人生自古"得一知己难矣"，我与老人虽有点相见恨晚，但此时在真情方面，时间又显得很苍白。我能受到老人如此的信任和重视，人生得一知己足矣！于是我"责无旁贷"，与老人的子女们共同参加了老人的整个葬礼，直到老人入土为安。之后，按照老人的遗愿，我与老人的子女们，也始终保持着紧密联系。

就这样，时光很快又过去了10多年，如今薛家湾胡同的钱氏宗祠早已修缮一新，并被定为区文物保护单位。原钱氏家人也都被安排到大兴和天通苑居住，住上了满意的楼房……至于我本人舒了，这十几年来，仍然是每天风风火火，抓紧时间搞胡同工作，虽紧张，但快乐着。然而天有不测风云，正当我满怀信心，向着即将完成、实现我胡同"三部曲"这个梦想的时候，突然癌症降临到我的头上。对于癌症，我并没有把它看得是多么的可怕，况且生死乃人之常情。我唯一考虑

病中写作　　　2015 年 10 月

的是我今生胡同"三部曲"最终没有一个完美的结局。那将使我半生心血付诸东流，也是我人生最大的一个悲哀，我是绝对接受不了的。

　　自我病倒后，除亲朋外，钱家人几乎全家人都来看过我。这使我感动，也使我非常高兴，更重要的是，也使我受到了鼓励。因此我跟病魔做坚决的斗争，忍着疾病给我带来的痛苦，每天坚持在床上写作。转眼一年多时间，我先后把我原来的书稿，进行了重新审编、修改和补允，直到我写完这篇后记。这篇文章也可能是我人生最后的一篇文章了。这时时间已到了 2015 年 10 月 17 日的傍晚，天色已慢慢暗淡下去，看来我也应该去休息休息了。

　　如果此时有人问我，你还有什么遗憾和梦想，我会直言：亏欠老伴太多。为什么这么说呢？我是 1964 年经邻居介绍，与当时住在阜外北营房一位叫郗佩琴的满族姑娘结婚的。当时她 23 岁，我 33 岁，比她长 10 岁。她年轻时身体非常单薄，看上去一阵风能把她吹倒，然而没想到她很能干。婚后我们先后有了两个小孩，当时经济上还很窘迫，我们俩的工资一个月加起来不到百元，既要生活、抚养小孩，还要照顾老人。当时我是常常出车在外，顾不了家。发了工资，除留自用，其余交给她，我成了甩手大爷。至于家中的大小事情，平日里全由她来处理，经济、生活的担子几乎全压在了她的身上。就这样一年两年，几十年过去了，孩子们也都大了，可是我和她也都变老了。按说操劳了一辈子，而且赶上了好时候，经济上也没什么问题了，国家又提倡，何不出去走走。旅游热使妻子动了心，可是对我来说，自从20世纪我迷上胡同这一工作之后，我就下定了决心：放弃一切个人爱好，不完成胡同这项工作，我决不罢休。因此我无数次婉拒了亲朋要求我陪老伴出游的请求，我的回答是：我实在是没有那个时间，况且我不是青年人了，也不是四五十岁的人了，而是七八十岁的人了，如果再不争分夺秒，就将会前功尽弃，最后无以为人。

本来人到老年，夫妻间都希望过着一种相扶相携、如影随形、互相帮助、谈笑风生的快乐生活。然而我却没能做到这一点，当我看到她一个人踽踽独行在路上那孤独的背影的时候，我也心如刀绞。可是我想，当我把胡同这项工作完成之后，我一定好好地陪伴陪伴你，请你原谅我现在的不仁吧！谁让我生之贫穷，命运多舛，走上了这样一条人生坎坷而又不愿屈服的路呢。可我万没想到的是，当我经过半生辛劳，眼前即将展现出希望的曙光的时候，我突然又病倒了，而且还是被癌症击倒的。本来我的身体一直很好，什么高血压、糖尿病等常见病都没有，日走5000米，腿脚十分灵活，比她身体好。因此我曾想，将来我要好好伺候她，来报答她对家一生的贡献和我对她一生的歉疚。可是没想到，如今不是我伺候她，反是她伺候我了。真是旧账未还，新账又续，这辈子我也还不了了。

至于还有什么梦想？假如我的胡同"三部曲"都圆满完成了，假如我没患过这场病，我就要和我儿舒波一同陪我的妻子，首先去贵州看望我多年未见的亲叔妹。其次再去张家口看望佩琴的表姐弟和她当年在北京的发小姐妹，同时也要去看看我当年在司机养成所学习的地点，如今变成了什么模样。还要到大同、呼和浩特，看看当年我们在司机养成所的同学，那儿也是我初出茅庐的荣辱之地。还要到济南看看我在呼和浩特时结下的最好朋友曹汉玉。到汉口看看我小时候的邻居又是小学的同学王冬友……之后我还想到西城福绥境胡同，通过派出所，找到当年在北京万字中学给我暗暗交了学费的曹德福。假如我还活着，下一步我再考虑纯粹的玩——旅游。不过那也要有点目的和意义，不可只玩玩乐乐，走马观花，空去一趟。

假如，可是世界上没有假如！以上不过都是我现在的空想而已，现在我几乎是整天躺坐在床上，除看看书、看看报，再坚持写点文章，其他什么也干不了了。而且从病情发展来看，也并不乐观。说到这儿，也许有人说："你怕死吧？"我的回答是："怕。一怕我的胡同事业没有一个完美的结局，二怕我的人生也没有一个完美的终了。带着遗憾走，于心不甘。"反过来说，生死不由己，不是想什么时候生就什么时候生，想什么时候死就什么时候死。它不听你的，你怕也没用，不怕也没用，只能顺其自然。然而，司马迁说"人总有一死，或重于泰山，或轻于鸿毛"，文天祥说"人生自古谁无死，留取丹心照汗青"。虽然做不到古代先贤和民族英雄的那些崇高功绩，但我们总应该从他们身上学习一些东西吧，活得有点意义、有点价值，那就足够了。

舒了

2015 年 10 月 19 日晨于病中

图书在版编目（CIP）数据

最美乡愁·老北京门联的故事 / 舒了著.—北京：
北京燕山出版社，2016.4
ISBN 978-7-5402-4110-0

Ⅰ.①最… Ⅱ.①舒… Ⅲ.①对联—作品集—北京市
②对联—文学研究—北京市 Ⅳ.①I269 ②I207.6

中国版本图书馆 CIP 数据核字 (2016) 第 060493 号

本项目为北京市图书出版奖励扶持专项资金项目

最美乡愁·老北京门联的故事
ZUIMEI XIANGCHOU LAO BEIJING MENLIAN DE GUSHI

作　者	舒　了
项目策划	李满意
项目负责	
责任编辑	郭东梅　王梦楠
营销编辑	涂苏婷
责任校对	甄　飞
责任质检	石　英　赵志峰
封面设计	73号
社　址	北京市西城区陶然亭路 53 号（100054）
网　址	http://www.bjyspress.com/
微　博	http://weibo.com/u/2526206071
微　信	yanshanreading
电　话	01065240430；01063581036
印　刷	小森印刷（北京）有限公司
开　本	710mm × 1000mm 1/16
字　数	270 千字
印　张	16
版　次	2016 年 5 月第 1 版
印　次	2016 年 5 月第 1 次印刷
定　价	68.00 元
出版发行	北京燕山出版社

版权所有　盗版必究